新 潮 文 庫

おもてなし時空ホテル

～桜井千鶴のお客様相談ノート～

堀川アサコ著

新 潮 社 版

10959

目次

おもてなし時空ホテル

Omotenashi
Jiku Hotel
Asako Horikawa

〜桜井千鶴のお客様相談ノート〜

はじまりはじまり

はなぞのホテルは、北日本のとある都市でひっそりと営業している。

仮に、Ｓ市としておく。

所在地については詳しく語れないのだ。

はなぞのホテルがいかなるホテルか、それを知ったあなたが、おいそれとやって来られないための用心である。

これは決して、いけず、ではない。

来られたらマズイ、泊まられたらマズイのだ。

来たら来たで、お客さんはていよく追い返されてしまうのだけど。

それならばホテルの看板など出すなというところなのだが、どっこい、このホテルはなくてはならぬのである。

そんななぞめいたはなぞのホテルは、Ｓ駅近くのアーケード街を北側に折れた小路に鎮座している。

角にファストフード店があり、そのとなりに洋風のこじゃれた居酒屋があり、その向かいに花屋があり、理髪店があり、そこまではお客さんの姿をよく見かけるのだが、そこから先の画廊と骨董屋《こっとうや》には店主以外の人間が出入りするのは、めったに見ない。

コインランドリーと製氷店のとなりが、タイ料理屋。そのとなりが、眼医者。そのとなりが、地方劇団の稽古場《けいこば》。そのとなりが、はなぞのホテルだ。

タイ料理屋の店主の父親――じいさんが、パイプ椅子《いす》を表に出して、よく日向《ひなた》ぼっこしている。たまに気が向いた朝などは、交通整理をしていたりする。

そうかと思えば、一帯でさまざまな名前を持つ野良《のら》の黒猫が、ホテルの外階段のなかほどから、たまに通る人間をじっと見つめている。

十一月十八日（日）

その日、チズ――桜井千鶴《ちづる》というちょっと古風な名前の彼女は、はじめてはなぞのホテルを訪れた。

昼間だったので、ネオンの看板には灯りが入っていなかった。

看板は「はなぞのホテル」の「は」の字が取れて、「なぞのホテル」と読めた。

「見て、なぞのホテル、だって」

カンナがそういって笑った。

長い茶色の巻き髪で、提灯袖《ちょうちんそで》のブラウスに、リボンとフリルをたっぷり使ったワイン色のエプロンドレス、ストラップの付いた厚底靴といういでたち。カンナのお気に入りの、ロリータファッションだ。

いくら着慣れているからといって、面接にこの服装はないだろうと、チズは思った。いかにも。カンナは、はなぞのホテルの客室係の面接試験に来たのである。

チズは「どーせ、ヒマでしょ」と悪気もなくいわれて、ついて来た。

実際、チズはひまだった。先月まで契約社員として広告代理店に勤めていたのだが、契約が更新されなかった。だから今は無職で、チズ自身、職探しをしなければならない身の上だった。できれば、正社員として働きたい。さもないと、千葉の両親が帰って来いといってうるさいのである。無職だなんてことを知られたら、母なんか速攻、見合い写真を持って飛んでくるはずである。

就活に失敗したんだから、婚活しかないのよ。

母はきっと、そういう。

カンナの方は、ケーキ屋の一人娘である。家の手伝いもいいけど、外で働いてみたいと一大決心したらしい。でも、その決心は着ているものには現れていないようだ。そう指摘してみたら、カンナは「これで、いいの」と胸を張った。

「洋服はあたしの一部分だから、それも含めて見てもらいたいの。就活スーツを着たあたしなんて、あたしじゃないもん」

社会人経験のないカンナのポリシーが、正しいのか正しくないのかチズにはわからなかったけど、そこまで主張できる自分というものを持たない身としては、うらやましい気もする。

「でもさあ、ここってどういうホテルなのかなあ」

カンナが、目をきょときょとさせた。

マイペースのカンナらしく、面接を前にのんきなことをいっているのだが、その疑問はチズも同じではあった。

はなぞのホテルは、とてもユニークなホテルのようだ。たたずまいが、古めかしくて、とってもこぢんまりしている。外観からして、まるで、むかしの外国映画のセットを見ているみたいだ。煉瓦《れんが》造りの三階建てで、螺旋《らせん》の外階段があり、出入り口はガラスの回転ドアに擦り切れた金メッキの手すり。今にもタフガイの探偵とか、ひとくせある淑女とかが、靴のかかとを鳴らして出て来そうだ。

「このユニークさが売りのラブホだったりして？　求人票には、書いてなかったけど」

カンナがそんなことをいう。

「ラブホって、もっとキラキラしてない？　行ったことないけど」

「行ったこと、ないんだ？　あはは」

笑われて、カチンときた。

「チズちゃん、ラブホなんか行かない方がいい。チズちゃんがラブホに行ったら、世界が終わっちゃいそうな気がする」

「どういう意味ですか」

そりゃあ、彼氏は居ないけど。と、チズはむくれる。

「そろそろ時間だし。入ってみようか」

人工芝の玄関マットを踏んで、厚いガラスの回転ドアを押した。

板敷のホールの向こうにフロントがあり、壁に沿ってソファセットが二組並んでいる。深緑のビロード張りで、金色のふち飾りがレトロでゴージャスだ。飴色《あめいろ》の柱時計が、二時二十五分をさしていた。西側の窓から入る光線は、早くも夕焼けの気配を忍ばせている。壁は漆喰で、ロシア・アヴァンギャルド風のポスターが二枚並べて飾ってあった。重厚な木の手すりがついた階段が、ホールを囲むような形で二階へと延びている。

「ごめんくださぁ……い」

フロントにはだれも居なくて、ロビーにもお客さんの姿がない。

カンナはフロントのカウンターまで歩いて行くと、銀色の半球体の呼び鈴を押した。

金属の音が思いのほか高く大きく無人のロビーに響き渡り、ひとごとながら緊張していたチズは、背中がビクンとなった。それなのに、だれも現れる気配がない。時計の振り子の音だけが、空気に小さな波紋を投げていた。

「カンナちゃん、面接、何時から？」

「二時半」

「あと四分」

「早く来すぎた？」

「そんなわけないよう」

カンナがもう一度、呼び鈴に手を伸ばしたとき、食堂に続くドアからころころ太った女の人が現れた。白いコックコートを着て、三角巾《さんかくきん》をかぶっている。チズたちのすぐそばまで来て、二人の顔をジトリ、ジトリとにらみつけた。左胸にネームプレートが留めてあり、「吉井《よしい》」と丸ゴシック体で書いてあった。

「面接に来た人？」

「はい」

カンナが片手を挙げ、チズは「いえ、いえ」とかぶりを振った。

吉井さんは、カンナの可愛《かわい》すぎる服装を、さらにジトリ、ジトリと見回す。何かいいたそうな顔をしたが、それをごくりと飲み込んで、自分ののどを手でこすった。

「ごめんなさいね。支配人が、会議からもどるのが遅れてて。ちょっと、そこで座って待っていてくれる？　悪いわね」

吉井さんは、にこりともせずにロビーの長椅子を指さした。

そして、ぶつくさいいながら、出て来た食堂の方にもどって行った。

何をぶつくさいっていたのかというと、はなぞのホテルが人手不足で、コックの自分までが客室係の仕事をしなくちゃいけない。かといって手当が付くわけでもなし。これじゃあ、ブラック企業ではないか。……なんてことである。

「こんな急に、VIP用幕の内弁当を五十人前なんて、無理だわー！」

とどめに、吉井さんは叫んでいた。

「VIP用幕の内弁当……？」

「五十人前……？」

チズとカンナは顔を見合わせる。

（でも――）

面接を受けに来た場でブラック企業なんて言葉を聞くのは、おだやかではない。しかも、責任者であるところの、支配人が約束の時間に遅れるとは、いかがなものか。チズは内心で憤慨したのだが、カンナのやる気に水をさすのもどうかと思い、口には出さなかった。

　カンナはやはり緊張していたのだろう、腕時計を見て、スマホを見て、柱時計を見て、そわそわしている。

「静かだね」

　沈黙に耐えられなくなったようで、カンナはぽつりといった。ひとりごとみたいに聞こえたけど、チズは遠慮がちにうなずいた。

「うん」

「大丈夫なんだろうかね、ここ」

　その問いかけには、答えようがない。チズが黙っていると、カンナはスマホをいじり出した。それから、なんと、四十五分も待ってしまった。支配人という人はもどって来ず、吉井さんは食堂に消えたきりだ。

「てか、待たせすぎ。四時にミツルと待ち合わせしてるんだけど」

「彼氏、仕事は？」

　そう訊《き》くと、カンナはからかうように笑った。

「やあだ、今日は日曜日だよ。チズちゃん、会社を辞めて曜日の感覚がなくなってるね」

「ごめん」

　辞めたのではない。クビになったのだ。でも、訂正したら胸が痛くなりそうで、そのままにした。

それからさらに三十分が経過して、三時四十五分になった。

面接に一時間十五分も遅れる経営者というのは、ちょっと反則、ちょっと失格だろう。

だから、カンナが帰るといい出したのも、無理からぬことではあった。

「チズちゃん、ごめん。付き合ってくれたのに」

「面接、どうするの？」

「パスする」

「じゃあ、あたしここで、支配人さんって人を待って、あんたが帰ったっていってあげる」

そうしたら、向こうはすまなく思って、別の機会を設けてくれるかもしれない。今日のことが、先方のペナルティになって、次の面接では合格にしてくれるかもしれない。

「いいよ。そんなの。チズちゃんに悪いもん」

「ひまだから、大丈夫」

明るくいうチズに、カンナは「ごめんね。ごめんね」といって、何度も手を合わせた。

その後ろ姿を見送って、もう一度柱時計を見る。

（それにしても、支配人って人、おそい）

正面口の回転ドアが回ったので、ようやく「帰って来た」と思って顔を上げると、そこには支配人ではなく十歳ほどの男の子が居た。顔立ちの整った利発そうな子どもなのだが、少しばかり変な格好をしていた。ハロウィンのカボチャ提灯が描かれたTシャツに半ズボン、大人用の雪駄《せった》をはいて、大人用の背広を裏返しにして着て、つばの広い麦わら帽子をかぶっている。まるで取り込んだ洗濯物を、ふざけて手あたり次第に着こんだような感じだ。

そんないたずらをして、大人に叱《しか》られるのを期待して面白がっているのかといえば、まったくそんな様子はない。きわめて、真面目《まじめ》なのだ。整った顔をキリリと引き締めて、鋭い目つきでこちらを見ると、すぐに目をそらして階段を駆け上がった。二階から上は客室のようだから、泊り客の子どもなのだろうか。

(泥棒かも)

思わず立ち上がってしまったのは、少年の目付きがとても鋭かったせいである。

階段を見上げていたら、コックの吉井さんが再び登場した。ぴかぴかに磨かれたお玉を持って走って来たかと思うと、思い出したように食堂の方にもどっていった。それから数秒もしないうちにまた現れて、意気消沈した顔をする。

「あああ、面接の子、帰っちゃった？」

「はい、四時に約束があったみたいで」

「そうよね、帰るわよね。こんなに待たされたら、帰らない方がどうかしているわ」

そういってから、帰らずにいるチズを見て慌《あわ》てた。

「ちがうのよ、あなたは、どうかしてないわよ。大丈夫、大丈夫」

かなり狼狽《ろうばい》の態《てい》である。チズはあいまいに笑ってみせた。

「採用前だけど、客室の掃除を頼もうと思ったのに。もう、厨房《ちゅうぼう》がてんてこまいで、間に合わないのよ」

吉井さんは、行ったり来たりしながらコックコートを脱いで、チズに手渡す。

「客室の掃除しなくっちゃ。今日のお客さんが来ないうちに――」

「あの――良かったら、わたし、しましょうか？」

「え？　本当？　本当に？」

吉井さんの顔が、ライトを当てたように輝いた。

失業して以来、だれかを喜ばせることなんか一つもできていなかったチズは、胸がほくほく温かくなった。

「お言葉に甘えちゃおうかしら。日当はもちろん、払うから」

「は――はい」

勢いで引き受けてしまったチズに、吉井さんのオロオロが感染した。

ホテルの客室掃除など、まったく経験がない。

一階のトイレのわきにある掃除用具室から、丸い大きな掃除機と、バケツとブラシを取り出した。長いコードをコンセントにつなぎ、一階のホールとロビーを、食堂とスタッフルームを、階段を、そして二階の廊下を、埃《ほこり》を吸って回った。

客室は、二階がツイン二部屋とシングル三部屋。シングルルームの一室には「起こさないでください」の札が掛けてあった。三階はスイートルーム一部屋とダブル一部屋がある。

小さなホテルだ。そうかといって、チズが一人で掃除して回るには、充分すぎる広さである。

チズは三階の部屋から掃除機を掛けた。

三階の部屋はいずれも宿泊客がなかったようで、ベッドメイキングもされて、掃除完了を告げるトイレットペーパーの端も折られている。

(こういう場合は、どうしたらいいのかな)

部屋の床と廊下に掃除機を掛けて、二階に降りた。

こちらは全《すべ》ての部屋が使われていたから、なかなか骨が折れた。慣れない身には、ベッドを整えるのは格闘技に近い。風呂場《ふろば》の排水口にたまった髪の毛にも、かなり引いた。

ブラシで便器を磨いて、スポンジで洗面台を磨いて、備品を整えて、トイレットペーパーを足す。これで、ようやく一部屋終わった。

リネン類を載せたワゴンを押していると、「起こさないでください」の札が掛かっているシングルルームから、小柄な老婦人が出てきた。白髪をきれいにパーマで整えて、焦《こ》げ茶色のワンピースに真珠のブローチを付けた、品の良い人だ。

「まあ、ご苦労さま」

私服で掃除用具と格闘しているチズを見て、老婦人は気丈に生きてきた人特有の、穏やかで凛《りん》とした調子で話しかけてきた。

「わたし、今から出掛けてくるの」

「いってらっしゃいませ」

ホテルのスタッフとして扱ってもらえるのが嬉《うれ》しくて、チズは礼儀正しくいった。契約を打ち切られて半月、自分はずっと働きたかったんだなあと、改めて思う。

老婦人はおしゃべり好きな人らしく、言葉どおりには立ち去ろうとしない。

「若い人たちの居るところに行かなくちゃならないの。うまく用事が済ませられるかしら。なんだか、心配なのよ」

老婦人はハンカチを鼻のわきに当てて、深呼吸する。

「お部屋、これから掃除していただいていいかしら？」

「はい、もちろんです」

「いつも、きれいにしてもらって助かるわ」

「いつもは、わたしじゃないんですが」

「知っているわ。支配人さんとコックさんが二人でしているのよね。あなたは、新人さん？」

「いえ、あの」

面接を受けに来た者の友人です。と正直にいうのも、おかしい。チズが口ごもっていたら、老婦人は不意に金色のティアラのようなものを取り出し、それをチズの頭にかぶせた。

「え？　え？」

カチッと音がする。慌てたチズが頭に手をやったのだが、どうした具合なのか、髪に隠れてしまって手に触れなかった。

（え？　え？）

老婦人は「いいから、いいから」というように、チズの二の腕をなでる。

「それじゃあ、わたしは行ってきます」

翡翠《ひすい》の大きな指輪をした手を振って、老婦人は階段に向かった。

ティアラをしている客室係とは——。まるで、変装を解き忘れたシンデレラみたいだ。

（後で鏡を見てみよう）

チズは気を取り直して、重たい掃除機を老婦人の部屋に運び入れた。床の埃を吸い取って、ユニットバスの掃除をする。老婦人は几帳面《きちょうめん》な人らしく、部屋は少しも汚れていないので楽をした。机の上のティッシュの角を折って、この部屋も完了だ。

浴室の鏡に自分の姿を映してみたのだが、どうしたわけかティアラが全く見えない。

両手で髪の毛の間をまさぐってみても、見つからないどころか、指にも当たらないのだ。

一瞬、髪の毛がちらちらと金色に光ったように見えたけど、光の具合なのか。

（気のせいだったのかな）

老婦人は、チズの頭にティアラなんか着けなかった。

そういう結論に達して、無理にも納得することにした。

さあ、あと一部屋だけである。

さっき階段を上がっていった男の子を見かけていないけど、この部屋のお客さんなのだろうか。チズは残る一つのシングルルームのドアを、遠慮がちにノックしてみた。

＊

最後の部屋のドアを開けたとき、チズの前から現実が消え去った。

まったくもって、映画のように、はたまたイリュージョンのように、消えた。

いや、もっとリアルかつダイナミックに消えた。

ドアを開けたら、そこは雪国だった……よりも驚いた。

そこは仙境だった。

もちろん、チズは世界中の多くの人と同じく、仙境など見たことがない。

しかし、水平方向にも垂直方向にも無限に広がる空間に、雲海の合間から浮かぶ小道がにょろにょろと伸びている——これを仙境といわずして、何という？

細長く切り立った岩山が、高く低くそびえ、その中腹や頂上には盆栽みたいに形の良い松が生えていた。

空はオパールと真珠を混ぜたような、底抜けに神秘的な色をしている。

小道の果てには、庵《いおり》というのだろうか、あずまやをゴージャスにしたような一軒家が建っていた。

雲海の切れ目から、はるか下の地表が覗《のぞ》けた。

無人の田園風景である。山羊《やぎ》や鹿《しか》が草を食《は》み、白い鷺《さぎ》が飛んでいた。

（……………？）

ぱちくり、ぱちくり、二度またたきをしたチズは、われに返る。

後ずさって、辺りを見回すと、擦り切れたカーペット敷きの廊下が左右に広がり、それは無限どころか二部屋と物置の分の長さしかなく、突き当りは非常用の外階段に続くドア、もう一方の突き当りは古臭いスチールの枠の窓である。隣室のドアがあり、足元には床がある。まぎれもなく、はなぞのホテルの二階の廊下だ。

しかし、問題のシングルルームに目をもどすと、広大無辺の仙境が広がっている。

（なんで？）

絶対に、ありえないことだった。

友だちの面接に付いてきて、客室の掃除を買って出たのも、ちょっとウソくさい話だけど……さっきロビーに入って来た少年の風采《ふうさい》も変だけど……老婦人からティアラをもらったのも不思議な話だったけど（しかも、頭に乗せたとたんに見えなくなり、触れられなくなってしまった。だから、気のせいだと無理にも思い込んだ）、しかしながら、この部屋の不思議さはケタちがいである。

チズは大いにうろたえ、そして躊躇《ちゅうちょ》した。

だけど、この超常現象を前にして、部屋に——いや仙境に入らずにいられるほど、チズは好奇心のない人間ではなかった。雲海に浮かぶ小道は、おあつらえ向きに、チズの足元からのびているのである。

だから、チズは一歩踏み出した。

「うわお！」

ときおり曲がりくねったその道は、空港にある水平型エスカレーターのように、一歩進むごとに百歩分も進んだ。いや、水平型エスカレーターは一足で百歩も進めないけど。

最初は足がすくんで、めまいがした。しかし慣れると、珍しいアトラクションで遊んでいるような気がしてきた。

一歩で百歩！　一歩で百歩！

またたく間に、彼方《かなた》にあった庵にたどり着く。

飾り格子《ごうし》のある大きな丸窓がうがたれた庵の中には、白髪と白髭《しらひげ》を長く伸ばして、ゆったりとした麻の衣をまとったおじいさんが居た。ジャスミンティのかおりがする。びっくりするほど上手な字で、漢詩が飾られていたけど、チズには一文字も読み取れなかった。

「こっちゃ、来い」

おじいさんは、穏やかに微笑《ほほえ》んでいる。

「うわあ！」

チズは無礼にも悲鳴を上げ、走って逃げ帰った。帰り道も一歩ごとに百歩分も進んだから、ものの十秒も立たないうちに仙境を抜け、後ろ手でドアを閉ざす。

(何も見なかった。わたしは、何も見なかったんだ)

ドアの方を見ないようにして、チズは階段を駆け下りた。

＊

一階のロビーには、メン・イン・ブラックを思わせる、黒スーツにサングラスの男の人が居て、吉井さんと話していた。メン・イン・ブラックというのは有名な映画もあるけど、つまり宇宙人と遭遇した人たちの前に現れて、口どめしたり、妨害工作をしたりする、謎《なぞ》の組織の人たちのことだ。

二階のシングルルームで仙境を見てしまったから、記憶を消されるんだろうか。レトロなホテルで、仙境の次は、メン・イン・ブラックか。まるでハリウッド映画ではないか。ここは、こっそり営まれている穴場のテーマパークとかなのか？　そんなアホな。

チズが現実に追いつけずにうろたえている間、吉井さんは黒服の男にも、やっぱり文句をいっていた。新聞紙を手にもって、八つ折りにした紙面を、ぽんぽんたたいている。

「顔は見ていないのよ。わたしはコックだもの。お客さんの顔なんか、いちいち覚えていないわよ」

「どうしたんですか？」

チズは黒服の男に警戒の視線を投げつつ、吉井さんに訊いた。

吉井さんが答える前に、黒服の男がこちらを見たので、ビビる。

「こちらは、新しい客室係？」

黒服の男は、チズが引っ張っている掃除機を見ていった。

不愛想かつ、怪訝《けげん》そうな声だ。

それでなくてもサングラスで隠れた目に前髪がかかって、顔の表情が隠れている。でも、顔の輪郭とか、鼻やくちびるの形とか、背格好とか、細マッチョな感じとか、意外にイケメンだった。

どうせ記憶を消されたりするなら、不格好な人よりもイケメンの方がいいかなあとか思った。そんなチズを振り返って、吉井さんが「はて？」と首をかしげる。

「ごめんなさい。何さんだっけ？」

そういえば、まだ名乗っていなかった。

「ええと――。桜井千鶴です」

ええと、の後にいいそびれたのは、自分はここの客室係ではないということなのだが、吉井さんはそんなこと気にしていないようだった。

「チズちゃんか、可愛い名前だこと」

また、新聞をぽんぽんたたくので、チズもつい目がそちらに行った。

『亡《な》くなったはずの祖母が、婚活パーティに乱入、殺人』

という見出しが目に入った。

奇妙なフレーズである。

そう思ったとき、突然、ひどい頭痛がチズを襲った。

ひたいの左側が、ネジでも絞められているみたいに、ズキンズキンと痛み出す。

「うう……」

急なことだったので、思わずよろめいた。目の前にチカチカと光が散って、ひどい動《どう》悸《き》と吐き気が襲ってくる。インフルエンザに罹《かか》ったときよりも、水ぼうそうになったときよりも苦しかった。何だか知らないけど、このまま死んでしまうのではないかと思った。

吉井さんと、黒服の男がチズに寄り添うようにしてかがみこんだのが、気配でわかった。

「ちょっと、ちょっと、どうしたの？　大丈夫？」

「頭が、めちゃめちゃ痛いです。半端《はんぱ》ないです」

チズはソファに倒れ込んだ。

頭痛だけではない、吐き気も超ド級だ。飲めないお酒を飲んだ翌朝の百倍苦しい。

吉井さんは掃除道具置き場に走って行って、バケツを持って来た。

黒服のイケメンは、両手でチズの頭をさぐっている。こんなときに記憶消去の措置をほどこすのか、あんたは鬼かと思ったが、どうやらちがった。

「キンコジだ！」

黒服イケメンは、意味不明のことを叫んだ。

「あんた、ここの泊り客か？　――じゃないっていったよな」

そうだよ。さっきは客室係かって訊いたじゃん。渦巻く苦痛の中で悶《もん》絶《ぜつ》しかかる。

「泊り客でもないのに、どうしてキンコジをかぶっているんだ？」

　黒服イケメンはさらにわからないことを大声でいった。その声が、苦痛を増幅させる。音が、光が、するどい刃《やいば》となって全身に突き立てられるかのようだ。

「吉井さん、キンコジのマスターキーを！」

　キンコジ、と黒服イケメンは繰り返す。

　チズには、まったくわからないものだった。黒服イケメンは切羽詰まった声を出しているから、よっぽど重要なものらしい。もしや、この頭痛の原因がキンコジなのか？　それは病気の名前なのか？　しかし、マスターキーで解除できる病気というのも、なさそうだけど。

　フロントの奥のスタッフルームから出て来た吉井さんは、小さな鍵《かぎ》を掲げてチズのそばに駆け寄った。

「痛いですぅ、痛いですぅ」

　息も絶え絶えにチズは泣いた。本当に涙が出てきたのだ。

「待っていろ。すぐに外してやる」

　黒服イケメンは、そういった。キンコジとは、外すものなのか。納得したら、油断したのだろう。吐き気が土用波のように押し寄せる。

「うぷ」

「吐くな。吐くな」

黒服イケメンが慌てていって、チズのショートカットの頭を引っ掻《か》き回した。その指先に、ぐっと力が入り、小さな金属音がした。

カ・シ……。

黒服イケメンは、チズの頭の中から出て来た金属の輪っかを持ち上げてから、目の前にかざした。

とたん、今にも地獄に引きずり込まれそうだった頭痛と吐き気と動悸が、消えた。汚れを洗い落としたかのように、すっかり消えたのである。

目を上げたチズが見たのは、黒服イケメンが持つ金属の輪っかだった。

それには見覚えがあった。シングルルームに宿泊の老婦人が、チズの頭に載せてくれたティアラだ。だが、載せたと同時に、なぜか消えてしまったのであるが。

黒服イケメンは、いらついた表情でチズを睨《にら》んでいた。チズがティアラを頭に載せていたわけを知りたいようだった。

「シングルルームにお泊りのおばあさんが、くれたんです」

チズがそういうと、黒服イケメンは何の言葉も返してくれず、さっと吉井さんの方を向いた。

「吉井さん、泊り客のリストを」

「お年寄りといったら、市村君江さんしか居ないけど」

吉井さんがフロントから持って来たのは、A罫《けい》の大学ノートにボールペンで手描きした宿帳だ。それを見て、黒服イケメンは自分のタブレット端末に老婦人の名前――市村君江さんのデータを入力した。

その様子をきょとんと見守っていたチズだが、黒服イケメンのタブレットには驚かされた。こうした機器には詳しくないのだが、そんなチズにも黒服イケメンの手にしたタブレットが、図抜けて先進的なことだけはわかった。なにしろ、ハンカチみたいな布状のものが、広げたとたんにパリンと固くなってタブレット端末になったのである。

（ＳＦ？）

目を丸くするチズにはおかまいなしに、黒服イケメンは深刻な顔でいった。

「このばあさん、先月、死んでるぞ」

「死んでる？」

幽霊ということか？

チズは仰天したけど、吉井さんは驚かなかった。難しい顔で「そうですか」とうなずいている。黒服イケメンも驚いているのではないようだ。

チズはおろおろと視線を泳がせ、床に落ちている新聞に目をとめた。

『亡くなったはずの祖母が、婚活パーティに乱入、殺人』

同時に頭に浮かんだのは、どうしてなのか頭痛のティアラをくれたお客さんの言葉だった。

——若い人たちの居るところに行かなくちゃならないの。うまく用事が済ませられるかしら。なんだか、心配なのよ。

婚活パーティ、すなわち、若い人たちの居るところ。

この一致は偶然なのだろうか。チズは、治まったはずの吐き気が、ぶり返すのを覚えた。

いや、これは吐き気とはちがう。胸の中がもやもやするのだ。胸騒ぎというものかもしれない。

「きみに、これを被《かぶ》せた相手の顔を見たよな？」

「はい。上品なおばあさんでした」

「きみが、はなぞのホテルのスタッフで助かったよ。支配人が留守だから、犯人の顔を知っているのは、きみだけだ」

ついて来て。

黒服イケメンは、チズを立ち上がらせると、腕をつかんで正面口へと向かった。ほとんど引きずられながら、チズはこみあげる疑問を口にする。

「犯人って？　あのお客さんが犯人なんですか？」

婚活パーティに乱入して、殺人を犯した人、ということか？

しかし、その人は——。

「その人、死んでるって、どういうことですか？」

「ちょっと待って、五十嵐《いがらし》さん。その子は実は——」

吉井さんの言葉を聞かずに、五十嵐というらしい黒服イケメンは、チズをクルマの助手席にほうりこんだ。五十嵐さんは特殊な格闘技の心得でもあるのか、チズはぬいぐるみみたいに、ころんとシートの中に転がり込む。

シートベルトを締めながら、五十嵐さんはエンジンをかけた。

クルマは大通りに出て、西の方向に走り出す。

チズは助手席に居て、持って来た新聞を読んだ。


若者の集まった婚活パーティ会場に、刃物を持った高齢の女が乱入、カップルの男性一人に切りかかり、男性は死亡した。容疑者は、S市在住の市村君江（78）と名乗っている。

市村君江といったら、はなぞのホテルの宿泊客、チズにキンコジという頭痛のティアラをくれたあの老婦人ではないか。

記事はまだ続いている。

　切りかかられた男性のパートナーは、市村容疑者の孫娘と判明。しかし、祖母の市村君江さんは先月、病死していることから、同姓同名を名乗る者が、なんらかの事情で身元をいつわっているとみて捜査を継続――。


　さらに驚いたのは、新聞の日付だった。これは、明日の新聞なのである。

　どういうことですか。

　発作のように口から出そうになる問いを、チズは苦心して飲み込んだ。

　まるで、謎のテーマパークにでも迷い込んだみたいではないか。

　これ全てに「どういうことですか」と説明を求めていたら、陽が暮れてしまいそうだ。

　そんなチズに、五十嵐さんがさらなる謎を押し付けて来た。透明なゴム製の耳栓――に見える。これから、やかましい所にでも行くのだろうか。しかし、耳栓なら片方の耳にだけ入れても仕方ないのでは？

「一応、これを耳に入れておいて」

「耳栓ですか？」

「マイクとレシーバー」

「はい？」

耳栓にしか見えないが、レシーバーなのか？　マイクも付いているのか？

「あー、テステス。本日は晴天なり、本日は晴天なり」

「聞こえている。テストはいらないから」

五十嵐さんが迷惑そうにいうので、チズは「すみません」といって頭を下げる。自分の声が、耳の中からも聞こえた。

＊

五十嵐さんのクルマは、『クロード』というフレンチレストランの駐車場に停まった。郊外にある感じの良い店だった。洋館を改築したらしく、新緑を背景にクリーム色の外壁が落ち着いた中にも、さわやかな色彩で風景を引き立てている。

「降りて」

五十嵐さんが、まるで気の利《き》かない部下に苛立《いらだ》つような声でいった。

「あ――はい。すみません」

さっきから謝ってばっかりだ。

五十嵐さんは、そんなチズを待ってはくれない。

「いらっしゃいませ」

クロードのドアを開けると、ウェイターに感じ良く迎えられた。

壁面は無垢《むく》の木材で、天井は高く、梁《はり》がむき出しになっている。

吊《つ》り下げられた大きなシーリングファンが六機、ゆったりと回っていた。

テーブルも椅子も特注らしい木製で、食事時ではないのに、空席はあまりない。

窓側の一角に、渾身《こんしん》の勝負服の若い男女が、ほぼ同数向かい合っている。

婚活パーティだ、ということはすぐわかった。

そして、これが明日の新聞に書かれていた事件現場だというのも、何となく察せられた。

ええい！

チズは開き直った。

もはや、習うより慣れろ、だ。婚活パーティでの殺人の記事を見た後に急行したのなら、これがその場だと思ってしまって構うまい。その証拠に……そこまで考えて、チズは今度こそ本当にびっくりしてしまった。

チズたちの後ろを、小柄な老婦人が横切った。

きれいな白髪をパーマでふっくらとさせ、焦げ茶色のワンピースに、真珠のブローチを飾っている。チズに頭痛のティアラをよこした、市村君江さんだった。

「どうぞ、こちらに」

チズたちのことを、婚活パーティの参加者とまちがえたウェイターが、さっそうとした身のこなしで窓側の席に案内する。それより早く、君江さんが走った。おばあさんらしく、ちょこちょこと――。

「五十嵐さん、ほら、あのおばあさんです！」

「わかった」

答えるより早く、五十嵐さんは君江さんの後を追う。

「おばあちゃん？」

婚活パーティのテーブルで、淡いチェックのツーピースを着た女性が立ち上がった。

おばあちゃんと呼ぶからには、新聞にも出ていた孫娘か？

その人は、顔が引きつっていた。

無理もない。君江さんは、もう亡くなっている人なのだから。

（幽霊ってこと？　幽霊が犯人の殺人事件ってこと？　ていうか、あたし、殺人現場に立ち会っちゃってるの？　マズイよ、何とかならないの？）

チズの頭の中はめまぐるしく動くのだが、からだが緊張しすぎて少しも動かない。

君江さんが手提げかばんの中から取り出したのは、出刃包丁だった。

君江さんの孫と向かい合った男の人は、相手の様子がおかしいので、こちらを振り返った。その目が見たのは、自分に向けられた殺意と刃だ。

「あ……」

チズの口から出た悲鳴は、とっても短かった。

刺す。刺してしまう。だって、明日の新聞に書かれているんだから。

狙《ねら》いをつけられた男の人が、悲鳴になる息を肺にためた瞬間のことである。

五十嵐さんが、まるでエスコートするみたいな自然さで、君江さんの右手を押さえ、包丁を取り上げた。

「国際時空管理機構です。時空法違反で逮捕します」

五十嵐さんが、小さな声でそういったのが、耳に入れたレシーバーから聞こえた。

（じくう……？）

わからないことが、また一つ増えてしまった。

十一月十九日（月）

翌日の新聞に、君江さんが孫娘の交際相手を刺殺したという記事は載らなかった。

一日だけの手伝いのはずが、チズは次の日もはなぞのホテルに居た。

フロントのカウンターの奥にあるスタッフルームに通された。

せまいが、何でもある。

四畳半の畳敷きの空間に、板の間が二畳くらい付いている。

流しと小さな食器棚と冷蔵庫、簡単な応接セット、重ねられた十枚ほどの座布団《ざぶとん》。書類用のキャビネットの上には小型の液晶テレビが載っている。事務机とノートパソコン（五十嵐さんのタブレット端末みたいな超新型ではなく、おそらくOSのサポート期限が切れているような古いタイプのもののようだ）、富山の置き薬の赤い紙箱、まねき猫、福助、七福神の土人形、木彫りの熊《くま》、買い置きの箱ティッシュ……など。

小さめの応接セットに、五十嵐さんと吉井さん、ようやく帰って来たホテルの支配人と、チズが腰かけている。

支配人は、丸顔に丸っこい体形で手足が短く、ハンプティダンプティみたいなおじさんだった。ぴんととがった口ひげを生やし、ちょっと薄くなった髪の毛を丁寧に撫《な》でつけて、濃灰色の三つ揃《ぞろ》いのスーツに金鎖の懐中時計なんかしている。わざと童話とかの登場人物を気取っているように見えた。

その支配人は、五十嵐さんに睨まれて、たじたじしている。

五十嵐さんは、怒りと呆《あき》れが混ざった顔で、チズを見て、吉井さんを見て、支配人を見た。そして、懸命に感情を押し殺した声を、空中に放った。チズたち三人のだれかの顔を見ていったら、怒鳴り出しそうなんだ、だから目をそらしているんだと、顔に書いてある。

「彼女は——」チズのことだ。「はなぞのホテルの従業員じゃないのか」

それは、大変なことらしかった。

客室係の手伝いをしてから、大変なことの連続だったから、チズが部外者であることが本当に大変なことなのだといういうのは理解できる。しかし……。

「それをいおうとしたら、五十嵐さんがこの子を連れて行っちゃったんだもの。どっちみち、この子しか市村君江さんの顔を知らなかったんだから、仕方なかったんじゃないの？」

吉井さんのいうことは、一理も二理も三理もある。チズにとっては、あれよあれよという間に巻き込まれた事故だったのだ。責められることなんか、これっぽっちもしていない。

それでも、シュンと固まったチズを見て、支配人が口ひげをひねった。

「婚活パーティの事件を未然に防げたのは、桜井さんの活躍のたまものです」

「え……」

昨日からの疾風怒濤《どとう》の連続の中で、初めてほめられた。チズはちょっぴり嬉しくなった。

支配人は濃い眉毛《まゆげ》の下の目をきらきらさせた。

「どうでしょうね、桜井千鶴さん。求職中なんだったら、うちで客室係をしませんか？

そうしたら、こちらでも昨日からのことを説明してあげられるんですけど」

「はあ……」

チズは、返事の言葉を選びかねた。

ものすごく変なことが起きたのだ。このホテルに勤めるとか勤めないとかいう前に、怪事件の数々を解明してもらうのが筋なのでは？

しかし、答えを全部、知ってしまったら、いよいよとてつもない面倒に巻き込まれそうではないか。いや、現にもう巻き込まれている。

（わかんないけど）

起こったのは殺人未遂事件だ。チズは刑事事件にかかわってしまったのは事実である。

気持ちがシュンとなった。つまり、ビビった。それ以上に、この謎を謎のままにして、残りの人生を送るなんて、死ぬまで残尿感を覚え続けるのに等しいが……。

「どうですか？　市村さんの泊まっていた部屋、あなたの掃除とベッドメイキングを見ましたが、なかなか丁寧な仕事をしていて、大変に結構でした」

支配人のほがらかな物いいは、場違いな感じがした。

「でも、あたしの友だちが面接に来たのでして、あたしが採用になったら、友だちに悪いかなあと……」

チズも、われながらトンチンカンなことをいっているなあと思った。

「時給は、一五〇〇円払います」

それはうれしい！　なにせ、こちらは失業中の身なのだ。

「支配人、いいんですか？　この人は、ただの――」

いいかけた五十嵐さんを、支配人が遮った。

「いや、この人には素質がありますよ。時の仙人もそういっていました」

時の仙人。

あのありえないシングルルームに居た、白髪白髭のおじいちゃんのことか。

「あの――」

チズは、おそるおそる口を開く。

「話がずっと見えないんですけど、客室係ならできるかなあ、と」

「よし決まりです」

支配人は、ぶ厚いてのひらをこすって嬉しそうにいう。

「では、覚えてもらうことは、たくさんありますよ」

「あたしは、コックに専念できるんなら、大歓迎ですよ」

吉井さんはやれやれといった様子で、チズの二の腕をぽんとたたいた。

そこへ、五十嵐さんと同じような黒いスーツの女の人が入ってきた。女性だからパンツではなく、ひざ丈のタイトスカートだ。髪の毛は肩まで伸ばしたサラサラのストレートで、体形や顔立ちから若くてきれいな人のようだが、やっぱり真っ黒なサングラスで目を隠している。

支配人は黒服の女性に向かって片手を差し出し、チズの方を目で示した。

「やあ、夏野さん、紹介します。こちら、新しい客室係の桜井千鶴さん」

夏野さんは、にこりともせず、こちらに顔を向けて小さく会釈《えしやく》した。そして、チズの挨拶《あいさつ》を待つでもなく、新聞を差し出す。

「動機はこれです。今から三年後の十一月十日」

前置きなしに、夏野さんは冗談みたいなことをいった。

チズは一同の顔を見渡して、今のが冗談ではないらしいと判断する。

しかし、今から三年後って……。

夏野さんが差し出したのは確かに三年後の新聞だった。ベタ記事が赤線で囲まれている。


S市W区に住む田中久雄（28）が、生後二ヵ月の長男・宙（そら）ちゃんを、床に打ち付けて死亡させた。田中容疑者は、赤ん坊が叱っても泣き止《や》まないから腹が立ったと証言している。

珍しくないことだから、ベタ記事なのだろう。

そういう諦《あきら》めが、沸き立つ怒りとともに起こった。吉井さんが、「こんなやつは、同じようにして死刑にしたらいいのよ」と怖い声を出し、支配人はハンカチを口にあてて、新聞を怨敵《おんてき》のようににらむ。黒服の二人の顔に感情は現れなかった。

「田中久雄とは、市村君江が殺害した――殺害しようとした、孫娘のお相手の男です」

「…………」

支配人と吉井さんが、見開いた目と目で語り合った。

チズは驚いて、立ち上がりかけた。腰を浮かせて、四人の顔を見比べる。

「市村君江さんは幽霊になって、これから生まれる曾孫《ひまご》のために化けて出たんですか？」

「ちがうのよ、チズちゃん」

吉井さんが、チズの腕をつかんで椅子《いす》に座らせた。

「あのおばあちゃんは、未来を見て来たの」

「はい？」

「ここは、そういうところなんですよ」

支配人が、記事の悲劇の余韻を残した、悲しい微笑みを浮かべていった。

「そういうって、どういう……」

チズが口ごもった。

五十嵐さんは、チズたちのやりとりを辛抱強そうに待っていたが、ちょっといらいらした調子でつづける。

「市村君江の孫娘は、田中久雄とめでたく結婚して長男をもうけた。しかし、そこから先がめでたくない。田中が長男を虐待死《ぎゃくたいし》させてしまった」

「おばあさんは、孫娘の婿《むこ》に曾孫を殺されてしまったわけです」

夏野さんが確認するようにいい、吉井さんはやりきれないように腕組みした。

「ひどいことをする人は、未来にも居るのねえ」

ミライニモ。チズは完全においてけぼりだ。

夏野さんは、事務的に話を進める。

「市村君江は、先月に病死しています。君江は昨日に来る前に、さらに未来にも行っています。孫の幸せな新婚生活を見届け、静かに自分の死を受け入れるつもりが、孫の結婚相手がとんだ虐待男だとわかった。ならば、二人が結婚する前に、男を始末してやろうと考えたんですね」

ミライミライミライ……。頭がグルグルグル……。

「あの、皆さんのおっしゃってる話が、全然見えないんですけど」

「そうですねえ。採用したからには、そこのところを説明せねば」

支配人が分別顔で、口髭をねじる。

「あのね、チズちゃん。ここは時間旅行者が泊まるホテルなのよ」

吉井さんが、チズの目を見ていった。

＊

「西暦二二〇〇年にタイムマシーンが作られたんだ」

タイムマシーンが作られたんだ。

宇宙人に誘拐されたんだ。

妖精《ようせい》を見たんだ。

狐《きつね》が嫁入りしたんだ。

チズには、どれも同じレベルのことに思えた。

ともあれ、支配人は二二〇〇年のことを、過去形でいった。

（タイムマシーン……。はあ、タイムマシーン……）

一言目から理解できないではないか。これでは話に付いていけないとあせり、チズは頭の中から現実を追い出すことにした。これは「ＳＦのお話なのだ」と思い込むことで、皆の言葉を飲み込もうとした。

「大丈夫かな？」

支配人に顔をのぞき込まれ、チズは慌《あわ》ててうなずく。

「は……はい」

はい、と答えたせいで、四人の現実ばなれしたレクチャーは、いよいよ本格的になった。

「時間旅行ができる時代に突入し、時間はだれのものでもない、という極端な理念が広がった。これはインターネット黎明期《れいめいき》、ネット空間での匿名性《とくめいせい》と発言の自由が、神聖視に近い扱いで主張されたのに似ている――」

そうだったっけなあ、とチズは思う。二十三歳のチズが生まれたのが、まさにインターネット黎明期だった。

五十嵐さんの説明は、チズの雑念とは無関係に進んだ。

「二二二〇年のことだ――」

時間観光客が、紀元前七〇〇〇年に起こったアトランティスとアテナイの戦争に干渉した。結果として、アトランティスが滅亡してしまう。その完全な消滅のほどから、反物質爆弾を用いたとされたが、確かなことはいまだに伏せられている。あるいは、明らかになっていない。反物質爆弾ではなく、タイムマシーンの暴走だったという見解もある。

「はあ……」

「これを受けて、急遽《きゅうきょ》、国際時空管理機構（ＩＴＯ）が発足した。世論は、時間旅行の厳格な禁止を求め始めた。黎明期とは真逆の動きだった」

「はあ……」

市村君江さんを逮捕するときに、五十嵐さんが国際時空管理機構と名乗っていたことを、チズは思い出した。

「しかし、時間密航者は後を絶たず、取り締まりは追いつかない。そうした中で、アトランティスの悲劇の模倣だろう、ムー大陸とレムリア大陸が相次いで消滅した。犯人は禁固一千年の刑に処せられ獄中死している」

そりゃ、そうだろうとチズは思った。刑期を全うして出獄したら、それこそＳＦである。

そんな犯人たちを支援する人も、居るわけで。

アトランティス、ムー、レムリアの三大陸は、元来が地上から消えた土地であり、それを実現したのは、むしろ正義である。

などという説まで唱えられる。

反論として、消された古代人の人権を訴えるデモが世界中で巻き起こった。

同様に深刻なのは、不良品、粗悪品のタイムマシーンの事故である。

時間旅行者が異時間（対語：真時間）の中に投げ出され、死亡（消滅）するケースが続発した。

「二二二七年に、国際時空管理機構により、時空旅券が発行される。時間旅行事故の取り締まりが追い付かない中で、良性旅行者（これに対して悪性旅行者というのも、このころから使われ出した呼び名）の時間旅行を認めるという二度目の方針転換だった」

最初は、時間旅行じゃんじゃんオッケー。

その次に、時間旅行はなんぴとたりとも、まかりならん。

結局のところ、ルールを守る人にだけ解禁、というわけだ。

こうして時間旅行者は、現地（旅行先の時代）においても、憲法・法律・条令が定める禁止事項を守るほかに、さまざまな制約を受けた上で、時空の往来を許可される。

「でも、時間旅行なんかしちゃったら、どんなに気をつけたって、影響がのこっちゃいますよね。何か食べたとか、トイレにいったとか、それだけで。ましてや、困っている人を助けちゃったとか、本人が不慮の事故に遭っちゃったとか」

チズがいうと、吉井さんは水仕事でちょっとふやけてしまった手を、ぱたぱたと振った。

「そんなの気にしていたら、普通の旅行だってできないわよ」

「いや、普通の旅行は別に……。なんていうんですかね？　ほら、パラドックスみたいなの関係ないし」

「人類の歴史に、時間旅行というファクターが加わった。それだけのことだ」

五十嵐さんがいうのを、吉井さんが簡単な言葉で補った。

「つまり、難しいことを考えなくていいのよ」

「はあ……」

いいのかなあ、いいのかなあ。チズは心の中でこっそり囃《はや》し立てた。

「もちろん、時間旅行者の行動は厳格に規制されている」

五十嵐さんは、言葉どおり厳格な声でいった。

時間旅行者には、時空旅券の所持、現地での買い物の禁止、現地人との性交渉の禁止などが厳しく求められる。また宿泊先については、各時代に設けられた時空ホテルの利用が義務付けられている。

「おれと夏野は、ＩＴＯの職員。はなぞのホテルは、そのグループ組織だ。キンコジが反応するような、悪性の旅行者を取り締まるのも、われわれの重要な仕事なんだ」

五十嵐さんがいった。

「つまり……」

チズが両手で頭を掻きながら訊《き》く。

「市村君江さんは、悪性の旅行者だったわけですか」

「違法行為をしたんだから、そうなりますすね」

夏野さんが答えた。

「今回のような事態を予防するために、旅行者には時空ホテルにて、キンコジの装着が義務付けられているんです。登録者の思考に反応して、強度の偏頭痛を発生させる装置です」

「あのティアラ……」

チズは、痛みを思い出して、つい頭を押さえる。

そんなチズを見て、支配人が眉毛を上下させながら訊いた。

「桜井さんは、キンコジという言葉を聞いたことはありませんかな？」

「ええと。ありませんが」

「『西遊記』の孫悟空が頭に着けている金の輪っかですよ。孫悟空が暴走すると、三蔵法師がお経を唱えて輪っかを締め付けますよねえ。それと全く同じ要領で、時間旅行者たちは、あの輪っかを装着することを義務付けられているのです。違法行為をしようとした時点で、すごい頭痛を発生させるわけです」

「ほほう」

実際にあの痛さを体験し、市村さんの犯行現場を目撃したチズには、すこぶる納得できた。

キンコジを装着したままで、殺人を犯すのは不可能である。

キンコジは同時に、ＧＰＳで位置情報を取得できる。

「市村さんの装着が甘かったのは、こちらの落ち度です」

支配人がいうと、五十嵐さんは冷たい目をした。

「そのことについては、詳しい報告書を提出してください」

実際、市村さんのキンコジは最悪のタイミングで外れ、さらには、ありえないタイミングで何も知らないチズと遭遇してしまった。市村さんにしてみれば、これを利用しない手はなかった。キンコジは、人が装着している場合と、そうでない場合とでは異なった信号を発する。外れたはいいが、放置したのでは、すぐにバレてしまったはずだ。

「だれかに押し付けてしまったら、外したことを隠せる。強度の頭痛を我慢することもない」

だから、チズの頭に着けたうえで、孫の未来の結婚相手を襲ったのである。

＊

チズは一人暮らしをしている。

自宅は鉄筋三階建てのアパートの、三階の角部屋である。

間取りは１ＬＤＫ。せまいながらも、チズの城だ。

城の中で、たいがいのことはルーティンで行われる。仕事から帰り、夕食を作って食べ、入浴してからヘルスメーターに乗り、大きめのマグカップ一杯の牛乳を飲む。アルコールが全く飲めない体質なので、かえって健康的な生活だ。

前の会社では、仕事の宴席では最初のビール一杯ぐらい飲まなければ、社会人として失格だと専務にいわれた。飲めないものは仕方ない。日本人ならば日本文学全集くらい読んでなければ国民として失格だといわれたら、専務だって困るだろうに。……それはチズも困るが。

しかし、そんな不条理など屁《へ》でもない。っていうか、屁だ。

「ふう」

入浴後の牛乳だけでは、消化しきれない出来事に押し流された二日間だった。

こんなときは、お酒が飲めたら良かったのにと、つくづく思う。

前の会社ではアルハラのせいもあって、意地でも飲み会ではウーロン茶ばかり飲んでいたが（宴会命の会社だったので、それで契約が更新されなかったと思わないでもない）、下戸のチズはお酒がおいしいと思う。しかし、飲むと心臓の中にハードロックのドラマーが発生する。顔が蛍光ピンクになる。全身が蛍光ピンクになる。そして、翌日はキンコジを被せられたみたいに、猛烈な頭痛と吐き気がやってくる。

キンコジ……。

昨日は疲れすぎて何も考えられないから、まだよかったのだ。しかし今日になって一息つくとともに、とんでもない現実が波のように寄せてきた。

ボア素材のルームシューズをはいている足の先が、冷たくなる。

チズはパジャマの上から裏起毛のパーカーを羽織ってベッドに乗っかり、腰から下は掛布団の中にもぐった。

（タイムマシーンができたとかいってたよな、二二〇〇年に）

ここで、すでにチズの頭はショートする。

そんな未来にタイムマシーンができて、全ての時代の人に時間旅行が可能になった。

ここが、ポイント。

二二〇〇年から先ではなく、そこから過去の人も時間旅行ができる。

つまり、チズにもできる。

しかし、そんなこと、だれが知っているのだろう。旅行会社の社員だって知らないはずだ、絶対に。

（えー、ともかく）

そんなわけで、チズも昨日、先月亡《な》くなったという市村君江さんに会ってしまったのだ。

君江さんは将来、孫娘が結婚して曾孫が生まれ、その曾孫が父親の虐待で殺されてしまうことを知った。事件は自分の死後のことだから、時間旅行によって知ったわけだ。

のだ。

だから、昨日、まだ生まれていない曾孫の仇《かたき》をとった。……とろうとした。

孫娘の不幸な結婚を阻止するため、孫夫婦の出会いの場で夫となる男を殺そうとした
でも、田中久雄という人は、まだ自分の子どもを殺していない。

ゆえに、昨日、君江さんがしようとしたのは、酌量の余地のない殺人だ。

だが、昨日の時点で君江さんはすでに亡くなっている。

自分が死ぬより未来に行って殺人を犯す。もちろん、違法である。タイムマシーンの悪用にほかならない。

だから、ＭＩＢいやいや、ＩＴＯが乗り出した。

International Time and Space Control Organization　国際時空管理機構。

「ああ、ややこしい。英語なんかきらい！」

血迷ったチズは、まちがった方向にキレた。

気を取り直し、マグカップにミントティーのティーバッグを入れて、お湯をそそいだ。

さっき牛乳を飲んだのと同じマグカップである。一人暮らしだと、こんなところがズボラになる。

はなぞのホテルのはてしないややこしさは、しかし時給一五〇〇円という待遇の前には、大した障壁とはならなかった。それは愚かな選択だったのかもしれないが、チズは

客室係として働くことを決めたのである。

（早まったかなあ）

しかし、はなぞのホテルの謎《なぞ》を洗いざらい聞いた後では、断れないではないか。それこそ、国際時空管理機構にアブダクションされて記憶を切り取られてしまうかもしれない。

チズには、選択肢はなかったのだ。なんといっても、時給一五〇〇円だ。

そう自分にいい聞かせていたら、電話が鳴った。

下半身を布団の中に残したまま、猫みたいににゅーっと伸びて、テーブルからスマホを取った。カンナからであった。

（あ、マズイ）

チズは、通話アイコンに触れる手をしばし止めた。

カンナの面接のために待っていたのに、自分が採用されてしまった。これは、カンナへの裏切りだと思う。

案の定、カンナははなぞのホテルのことをいってきた。

――昨日、あれからどうした？　支配人って人、来た？

「ごめん、カンナちゃん、実は……」

非常に、いいづらい。チズはベッドの上で起き上がって正座した。

「あたしが、はなぞのホテルに採用されちゃったんだ」

——ホント？

カンナは聞き返してから、大笑いした。

——代わりに面接受けたとか？

「いや、ちょっと仕事を手伝ったら、先方の深い事情にまで踏み込んでしまったみたいで。それで、気がついたら勤めることになっちゃった。せっかくのバイト先を横取りしたみたいになっちゃって、本当にゴメン」

——いいよ、いいよ。あたしは、家の手伝いしてても別にいいわけだしさ。きっと、チズちゃんの方がご縁があったんだよ。

縁ねえ……。確かに、縁でもなければ、こんな奇妙な勤務先とは巡りあえまい。

——で、どう？　仕事とかどんな感じ？

「何か、いろいろこんがらがってる」

チズは、ある意味、ありのままに答えた。

——ホテルの客室係が？

「慣れないからだと思う」

結局、口ごもりながらごまかした。

十一月二十日（火）

変に興奮していたのだろう。なかなか寝付けなかった。

真夜中過ぎにようやく眠りに落ちて、はなぞのホテルの夢をみた。チェックインの時間になっても、掃除が終わらない夢だ。タイムトラベルのことは、夢のストーリーには出てこなかった。いまだに、チズの脳に浸透していないせいだろう。しかし、掃除機を持って、モップを持って、ブラシを持って、スポンジを持って、なぜか極端に要領が悪くなってしまったチズは、ただ右往左往するばかりだ。

目覚ましの音に助けられたが、まだ眠かった。とことん困った夢を見た後でも、起きたくないのはなぜだろう。「えい、えい」と気合いを入れたはずが、「うん、うん」という唸《うな》り声になり、それでもどうにか出勤した。無職生活が続いたので、早起きして勤務先に向かうのは、やはりつらかった。つらさの中に、安心もあった。朝、行くところがあるというのは、やはりホッとする。

着替えをするためにスタッフルームに入ると、タイムレコーダーにチズのカードが用意してあったのが嬉《うれ》しかった。

「やあ、来てくれましたねえ」

相変わらず、三つ揃いのスーツでビシッと決めた支配人が、スタッフルームに入ってきた。四畳半のごちゃごちゃした庶民っぽい部屋に、支配人の決まり過ぎている風采《ふうさい》は、似合わなかった。

「ゆうべは、眠れましたか？　いろいろありましたから、気持ちが高ぶってたでしょう」

「ええ、ちょっと」

支配人は、ニンマリと笑顔を作る。濃くて整った眉と口髭《くちひげ》がピンッと吊《つ》り上がった。

「昨日は宿泊された方がいませんので、客室の掃除はけっこうですよ。一階のロビーと食堂と化粧室もきれいにしてください。旅行室は、わたしが片付けますので、放っておいてけっこうです」

「旅行室？」

「お客さまは、そこからいらっしゃいます」

「へえ……」

はなぞのホテルのお客さんは、正面口からではなく、旅行室から来る。

つまり、そこにタイムマシーンがあるということか。

「さあ、朝ごはんですよ」

吉井さんの声とともに、スタッフルームに美味《おい》しそうなかおりがやってきた。

おにぎりと、タコウィンナーと、味噌汁《みそしる》をお盆に載せて、吉井さんが器用にドアをあける。

朝食抜きが常のチズは、目をぱちくりさせた。この風変わりなホテルは、朝食のまかない付きとは！

おにぎりの具は、明太子《めんたいこ》だった。味噌汁の具は、里芋と人参《にんじん》とさやいんげんだ。もう何年も朝は空腹なんか感じたことのなかったチズだが、見たとたんにからっぽの胃がぐうっと鳴った。食べ物を欲すると、お腹《なか》が鳴ることを実感しつつ、チズは顔が赤くなった。

「あら、ハラペコで良かった」

吉井さんは、手振りでチズと支配人をソファに座らせた。

「昨日、朝食のまかないのことを話し忘れたから、食べて来たらどうしようと思ったけど。二人分作って良かったわ」

そういってお盆を置くと、吉井さんはさっさと部屋から出て行ってしまう。

「あの――吉井さんは食べないんですか？」

「ああ、彼女は自宅で息子さんと朝食を済ませてから来るんです」

「それなのに、まかないを作ってくれるなんて……」

チズは自然と両手を合わせて、こうべを垂れた。

なんだかんだ……なんだかんだある職場だけど、ここで働けることになってよかったと思った。一口食べた瞬間、その思いは確信となった。

＊

東向きの建物のエントランスの左側に、重厚な観音開きのドアで閉ざされた部屋があった。古風で装飾的な書体で、〈旅行室〉と日本語で書かれたプレートが掲げられていた。

ここは放っておいてけっこうです、といわれた。

すなわち、立ち入り禁止ということだ。

チズはしばらくドアを見つめてから、掃除用具入れに向かった。

どうしても、市村君江さんのことを考えてしまう。

死が間近に迫った老婦人が捨て身で曾孫を守ろうとしたのに、チズはそれを邪魔するのに一役買ってしまった。昨日から気持ちを揺さぶられることばかり続くけど、もやもやが晴れないのは、その罪悪感が一番の原因だと改めて思う。だけど、君江さんにしてみたら、もやもやどころの話ではない。

後ろで「ガッシャン」という音がしたので振り返ると、あの不思議な仙境のシングルルームに居たおじいさんが、清涼飲料水の自動販売機の前にかがみこんでいた。支配人が〈時の仙人〉と呼んでいた人だ。時の仙人はコーラのペットボトルを持ち上げて「やあ、おはよう」といった。

「おは……おはようございます」

「コーラ、飲むかのう？」

おじいさんの目が、チズと話したがっているように見えたので、チズは首肯した。

「いただきます」

「ならば、こちらへ」

チズは掃除機を持って、おじいさんの後ろについていった。

おじいさんは自分の泊まっているシングルルームのドアを開ける。

そこには、やはり、現実とは別の山水画のような世界が広がっていた。上にも下にも右にも左にも前にも果てしなく続く、雲と岩山と盆栽みたいな松の木がある悠久の空間だ。雲海の上に伸びる、くねくねした道に、おじいさんはチズをさそった。あの一歩で百歩分も進む、水平型エスカレーターのような道である。

装飾をほどこした大きな丸窓のある家――手前と奥の壁がなくて、ふきっさらしだ。家というよりは、最初の印象と同じく、あずまやのように見える。床は、平らに切り出した石だった。背もたれに天女や動物の彫刻をほどこした木の椅子をチズに勧めて、おじいさんは小さな湯飲みを持ってくると、丸テーブルの上に載せて、コーラをそそいだ。

「飲みなさい」

「は……はい」

いにしえの中国風な風景と調度とおじいさんの風采に比べて、コーラとチズ自身は異質であり、異物であるとさえいえた。

「あの……おじいさんは……〈時の仙人〉さん？」

チズがおそるおそる訊くと、時の仙人は白い髭を得意そうに撫でた。

「さよう。時間を行き来できるから、そう呼ばれておる」

「すごい」

チズは素直に驚き、時の仙人はますます得意そうに頬を赤くした。

「何がすごいものか。ＩＴＯの監視下におかれて、このシングルルームに閉じ込められているのじゃからなあ」

シングルルームではない。広大無辺の仙境だ。

それをいうと、時の仙人はいよいよ得意げに肩を揺らす。

「多少、リフォームしたんだよ。永遠に住むには、ホテルのシングルルームは、ちとせまい」

「何千年とか前から、ここに？」

チズはコーラを飲みながら訊いた。茶碗《ちゃわん》が小さいので、一瞬で空になった。

「いやいや。わしが生まれたのは明朝《みんちょう》初期だから、たかだか六百五十年ほどだ」

「六百五十年……仙人って、本当に長生きするんですね。鶴《つる》とか亀《かめ》みたいですね」

チズはおかわりを注がれたコーラを飲む。

「時間を行き来するということは……ひょっとして、タイムマシーンを発明したのは、時の仙人さまなんですか？」

「そんなものは、要らぬ。見ておいで」

長い白髪と白髭をなびかせて、時の仙人は立ち上がった。白い麻の長衣が揺れる。

次の瞬間、時の仙人は二人になった。

えええ？　目を凝らすチズの前で、ふたたび一人にもどる。

「これは、イリュージョン？」

「さにあらず。一瞬後の時間に飛んで、一瞬でもどったのじゃ。いないいないい、バア、だ」

チズが驚くので、時の仙人はにこにこ顔である。仙人とて男。若い女性にキャーキャーいわれるのは、大歓迎のようだ。

「それより、チズちゃん、浮かぬ顔をして、どうしたのかの？」

「どうして、あたしの名前を？」

「昨日、ロビーにて朋輩《ほうばい》と語ろうているのを見ておった。何せ、わしは仙人だから、未来のセキュリティシステムよりも地獄耳なのじゃ」

「へえ……」

チズは感心してから、うつむいた。

「君江さんを止めたのが、良かったのかどうか、わからないんです」

「ふむ」

「結局、悪いやつを助けてしまったんですよね。罪もない赤ちゃんが殺されるように、仕向けてしまった――」

時の仙人はコーラを飲み、チズもまたコーラを飲んだ。

「ポテチが食べたいのう」

時の仙人は、浮き彫りがほどこされた漆塗りの茶簞笥《ちゃだんす》から、ポテトチップスの袋を取り出す。食べかけの袋の口を洗濯ばさみでとめてあった。それを開いて、ぼりぼりと食べている。チズはその無関心そうな――その実、抜け目のなさそうな顔を見ながら、考えていることを言葉にした。

「君江さんは、これからどんな罰を受けるんですか?」

「ほどなく保釈され、元居た時間にもどる。保釈中に病死するから、何の刑にも服さぬ」

そう聞いても、もちろん少しも嬉しくない。

「曾孫が殺されると知っているのに、自分の寿命がないとわかったら、どんな気持ちだったでしょう。それまで生きて守ってあげられないって知ったときの気持ちです。諦められると思いますか？」

チズは、時の仙人よりも、自分自身にむかってつぶやいていた。

「でも……」

考える。考えている。

「本気で孫の結婚相手を殺したいと思ったら、わざわざはなぞのホテルに来るでしょうか？」

「時間旅行者が時空ホテルに宿泊するのは、定められたことなのだよ」

「孫の結婚相手を殺すのは、法律違反です。だったら、ホテルに泊まるかどうかなんて、大したことじゃないですよね」

「ふむ」

「というよりもですね。曾孫が生まれるとわかっているなら、その誕生まで阻止しようとするでしょうか？」

「生まれてこなければ、殺されることもない」

時の仙人はクールにいった。

「曾孫のために殺人まで決意した人ですよ。その子を、自分の手で無にするなんて、できます？」

「チズちゃんは、あのばあさまが、一昨日は本気ではなかったというのだね？」

時の仙人は袖《そで》の上から、腕を掻《か》いた。

「かゆいな。ダニかな？」

「スタッフルームにかゆみ止めがあります」

「あとで、借りに行こう」

ひとしきり腕を掻き、時の仙人はチズの顔を見る。

「では、ばあさまが本気になったら、どうする？」

「両親の出会いの場ではなく、父親が赤ん坊を殺さないように——」

そこまでいって、チズは自分の思考の中にチャプリと落ちた。

昨日の君江さんの凶行は、ＩＴＯが阻止した。時間旅行に関係する犯罪だからだ。

「五十嵐さんは、犯罪だから止めたんですよね」

「さよう」

「犯罪じゃなきゃ、止めなかったとか？」

「そうかもなあ」

「ＩＴＯは時間の改変にはタッチしないわけですか」

「してるよ。しかし、厳密ではない。他時間の者の介入もまた、歴史を作る要因だという考え方をとっている」

「そうしたら、時間が滅茶苦茶になりませんか？」

「なっていないようだ」

「うーん」

チズが納得できない顔でいると、仙人は面倒くさそうに腕組みをした。

「たとえば、落第した受験生が過去へと飛んで、受験前の自分に試験問題をバラす。これは、いかんな。カンニングは違法行為だからだ。一方、わが子を事故で亡くした親が過去に飛んで、事故をふせぐ。こっちについては、問題はない。子どもが助かってめでたし、めでたしじゃ。ＩＴＯは、人命がそこなわれて、それが正しい歴史を作るという立場をとってはおらぬ」

「だったら、君江さんは赤ちゃんの父親を殺すことはできなくても、赤ちゃんを助けることはできたりして。でも、そうなったら、あいつが赤ちゃんもろとも、君江さんまで手にかけるかも」

チズは両手で頭をかかえ、キンコジで痛んだ辺りを掻きむしった。

「そうよな。あのときみたいな不意打ちでもない限り、若い男と、重病のばあさんとでは、勝負になるまい。赤ん坊を助けて、その上で戦うとなったら――もう絶対に無理無理」

時の仙人は、顔の横でしわくちゃのてのひらを、バタバタと振った。

「一昨日に来られたんだから、もっと未来にも行けますよね。すでに未来を見て来てるし」

「うむ」

「君江さんは、田中久雄の犯罪を止めに行けるんです」

「だから、ばあさんじゃ勝てないって」

「助けが行ったらいいわけですよ。ていうか、君江さんは、あたしたちの助けを求めてたりして」

「どういうことかな?」

「一昨日のことは、あたしたちの注意を引くために、わざと失敗した。君江さんは、三年後に行って、あたしたちの助けを待っているんですよ。君江さん自身は捨て身だとしても――赤ちゃんのことを命を捨てて守り通したとしても――実の父親がヒイおばあちゃんを殺したなんて、そんな重たい荷物を曾孫には背負わせたくないから」

「ふむ。賢いな、チズちゃん」

時の仙人は、ポテトチップスをばりぼり食べながら立ち上がる。

「では、参ろうか」

「はい。赤ちゃんが助かる瀬戸際《せとぎわ》へ」

時の仙人は、チズの肩にしわくちゃの紙みたいなうすい手を置いた。

足が石の床から離れて、空中に浮かんだような気がした。

（あわわ……）

次の瞬間、チズは時間を超えるという、大変な体験をした。

悪天候の日に飛行機に乗ったみたいに、むやみに耳が痛むと思ったのもつかの間のこと。たったそれだけの異変を経て、チズと時の仙人ははなぞのホテルのロビーに立っている。

「おや？　桜井さん、また髪の毛、前みたいに短くしたんですね？」

そう声を掛けてきたのは、支配人だ。

チズが時の仙人をみあげると、仙人は西洋の人みたいにウィンクした。

「ここは、三年後のはなぞのホテルじゃ」

「マジですか？」

チズは小声で驚嘆し、支配人の様子を盗み見た。三年分年をとった支配人は、カーボン紙でなぞったみたいに少しも変化がない。さっき（というか、三年前の朝）見たときとは、スーツが微妙に違っていた。ネクタイもちがうか……まるでまちがい探しだ。

食堂に続く扉の向こうで、忙しく立ち働く吉井さんの姿が見えた。階段の途中で、重たそうに掃除機を持って埃《ほこり》を吸っているのは、セミロングの髪の毛をひっつめにしたチズだ。

「あわわ……早く、行きましょう」

「うむ。みつかったら、ヤバイからのう」

二人は、こそこそとはなぞのホテルを出た。

アーケード通りとは逆、北のほうに歩いて大通りでタクシーを拾った。

時の仙人はタクシーに乗り慣れているという様子で、運転手への指示は的確だった。行先もわかっているみたいだ。「赤ちゃんが助かる瀬戸際へ」といったのは、チズだったが、時の仙人は最初からその目的地を前もって調べていたのだろうか。それとも、仙人らしい神秘的な能力で、時々刻々と必要な情報が脳にインプットでもされるのか？

そのくせ、タクシーを降りるときはセコイことをいってきた。

「わし、財布を持ってないから、お会計たのむね」

「はあ」

ポケットに財布を入れていて助かった。それにしても、今朝、コンビニで一万円をくずしたばかりである。一週間は余裕で過ごせる気でいたのに、二千八百円もの大枚が消えてゆく……。

さっさとタクシーを降りた時の仙人は、迷いもせずに小路に入って行った。

そこはW区の新築らしいマンションで、玄関はオートロックだった。

時の仙人と二人、文字通り足踏みしていたら、慣れた様子の老婦人がドアを開錠した。その後ろ姿が君江さんに見えて、チズはハッとした。

チズの背中を押して、時の仙人が歩きだす。

急いで後を追ったチズは、ドアが閉まる前にエントランスに滑り込んだ。

エレベーターが二機、並んでいる。左側の箱が、一歩先に入った老婦人を乗せて上ってゆく。それが十階でとまったことを見届けて、時の仙人は上りボタンを押した。右側のドアが、すぐに開いた。

「間に合いますかね」

「だといいがのう」

「さっきの、君江さんでしたよね」

「そう見えたのう」

エレベーターを出たとたん、かすかに赤ん坊の泣き声が聞こえ、チズは胸がでんぐり返った。仙人は何もはいていない足で、ずんずん歩いて行く。その足が、ゆかより二、三センチ浮かんでいるように見えた。

歩くほどに赤ん坊の泣き声は大きくなり、一〇一四号室の前まで来たら、それは危急を告げるサイレンのように激しくなった。

時の仙人はドアホンを押さずに、いきなり玄関のノブをひねった。

ドアが開く。仙人の力なのか、住人が開錠したままにしていたのか、訊く暇もない。

チズは靴を脱ぎすてて、時の仙人の後を追った。

赤ん坊が、泣き続けている。

廊下の奥、南向きの光にあふれたリビングでは、若い男が赤ん坊を頭上に持ち上げていた。――婚活パーティ会場で刺殺されたのと同一人物。田中久雄だ。

「やめて――やめてったら！」

チズが叫ぶのと同時に、老婦人が田中から赤ん坊を取り上げた。ダイニングセットの椅子《いす》を持って来て、ひょっこりとそれに上がって、田中の背後から赤ん坊をすくいとったのだ。それはさっき、エントランスで見たあの老婦人であり、顔を見たらやっぱり市村君江さんだった。

君江さんは赤ん坊を抱いて急いで椅子から降りる。自分のからだでかばうようにして、田中に背を向けて赤ん坊を抱えてしゃがみこんだ。

「この、ババア――！」

逆上して見境をなくした田中久雄が、椅子を持ち上げて、君江さんに振り下ろそうとする。

「やめなさいよ！」

チズが飛びついた。

その瞬間、チズは時間が止まったのを確かに感じた。

チズばかりではない。赤ん坊を抱えてうずくまる君江さんも、血迷った田中久雄も、止まった。

その一瞬のうちに、時の仙人の姿が消える。

もどったときは、仙人の横に女の人が居た。

見たことがある。やはり、婚活パーティの殺人未遂現場で見た君江さんの孫娘だ。

三年の時間を経て、彼女は大人らしく落ち着いた印象になっていた。ショートボブにした栗色《くりいろ》の髪が頬にかかって、指でその髪を払いのけた。

田中久雄はまだ椅子を振りかざしていた。

君江さんは曾孫《ひまご》をかばって、田中に背中を向けている。

仙人はここに来る前に、彼女に夫の行状を話したのだろう。

おそらく、彼女はそれを簡単には信じなかったろう。

だけど、超自然的な力で時間と空間を飛んだ彼女の目の前では、夫が祖母とわが子を殺そうとしていた。

「ユキちゃん、なぜ、ここに……」

田中久雄は怒った顔のままで笑おうとした。振り上げた椅子を、まるでそれが爆発でもするかのように、おそるおそる降ろす。顔は妻へと向いたままだ。

「これは……ちがうんだ」

「何がちがうのよ」

君江さんの孫娘は、手に持った新聞で夫を殴った。

田中は、ショック状態にあった。自分の短気によって失ったものが、今ようやく理解できたらしい。

君江さんの孫娘は、泣きながら執拗《しつよう》に田中をたたき続ける。

時の仙人が、後ろから腕をつかんでとめた。

ユキと呼ばれたその人は、ボロボロになった新聞を開いて夫に突き付ける。それは、三年後のこの日から見て、翌日の新聞だった。自分の子どもが、夫の虐待《ぎゃくたい》で殺された記事が載っている。——前に夏野さんが出してきたのと、同じ新聞だ。

チズは君江さんを助けて立ち上がらせると、一同の後ろにあるソファに座らせた。白い顔をした君江さんは、それでも赤ん坊を離そうとはしなかった。チズは二人を守るようにしてその横に立つと、田中久雄をにらむ。

「ここは、あなたの家なんですよ。この子は、あなたの子どもなんですよ。あなたは、それを壊して、殺そうとしたんです。あなたは——」

いいつのるチズを、ユキさんが遮った。

「でも、もうあなたの家じゃないわ！　もう、あなたの子どもじゃないわ！」

それを聞いた田中久雄の顔に、ふたたびあのチョンギレた悪魔みたいな表情がよぎり、しかしすぐに消えた。田中はうなだれ、部屋を出て行く。

それから十分間、一同、無言のままに過ぎた。

十分して現れた田中は、大荷物を抱えていた。

田中が玄関を出てはじめて、ユキさんは祖母のとなりに腰を下ろす。君江さんから赤ん坊を受け取ると、よだれかけを着けた小さなおなかに顔をうずめた。

「おばあちゃん、亡くなったはずなのに」

興奮が臨界点を超えた後なので、ユキさんは驚く気力を失《な》くしていたようだ。君江さんを見て、ただ不思議そうな顔をしている。

時の仙人は君江さんを促して、立ち上がらせた。

「祖母どのは、曾孫を守るために、幽霊になって出て来たのだよ。君江どのはずっと、そなたと曾孫を守ってきたのじゃ。されど、さすがにもう来られないであろう。幽霊にも事情があるからのう。この先、そなたは一人で大丈夫かね」

「はい。この子が居てくれるから、大丈夫です」

そういった瞬間、君江さんが消えた。時の仙人が「ちちんぷいぷい」といいながら、左手の人差し指を上げて、くるくると回している。実力をともなわなければ、ただの変なじいさんである。

「では、お嬢さん、さようなら」

「失礼します」

ユキさんが頭をもたげたときには、チズたちは元居た時間にもどっていた。

＊

まかないの昼食は、チーズ麻婆丼《マーボーどん》だった。麻婆ナスの上に、チーズがとけていて、とても美味しかった。ピーマンの代わりに、トマトを使うのがポイントである。付け合わせは、ブロッコリーの胡麻和《ごまあ》えだ。

「ほほう。仙人さまが一肌脱いだわけですか。それはそれは、とても珍しい」

「珍しい、んですか？」

「仙人さまは、オールマイティですからね。いちいち人助けなどしていたら、身がもたない。だから普段は、巷《ちまた》のいざこざにはかかわらないんですよ。なにはともあれ無事に済んで、わたしもうれしい」

市村君江さんの一件では、皆が後味の悪い思いをしていたのだ。赤ん坊が助かって喜ぶ気持ちは、だれもいっしょだった。

「君江さんはあきらめずに、最後まで孫たちを守ったのね。えらいおばあちゃんだわ」

「あの田中久雄という男、逆タマだったらしいぞよ。あのマンションは妻女の両親が買い与えたものだそうじゃ。生活費も、舅《しゅうと》に頼るところが大きかったようで、あやつは鬱《うっ》屈《くつ》しておったのだろうよ。その気持ちは逃げ場を失くして、一番弱い赤子へと向いたのであろう」

「最悪ですね」

チズは箸《はし》を置き、玄米茶をすする。

君江さんの孫夫婦は、三年後（時の仙人が救ったあの騒ぎの直後）に離婚する。

君江さんは、今日から一ヵ月前にもどって病死した。ろうそくの炎が消えるように、静かな臨終だったという。

十二月三日（月）〜五日（水）

はなぞのホテルの一階にある旅行室に、チズたちは集合した。

支配人はタキシード。襟のボタンホールに赤い薔薇《ばら》のつぼみを飾っている。

吉井さんは、息子の参観日用のツーピースを着ていた。チズは制服のブラウスとジャンパースカートだ。

三人はそれぞれ緊張気味だった。支配人なんかは、うやうやしい態度で、お辞儀の練習をしている。

チズが圧倒されていたのは、これから現れるＶＩＰのお客さんのせいばかりではない。この旅行室が、豪勢な洋館の一室みたいな空間だったからである。

チズが旅行室に入ったのは初めてのことで、普段は掃除も支配人みずからが行っていた。それが時空法に定められた規則、なんだそうだ。

タイムマシーンは、金ぴかだったり、変なワイヤーが伸びていたり――とかいうのでは、全然なかった。厚いゴブラン織りの布を張ったソファである。高価そうだという点を除いては、何の変哲もない。

旅行室には窓がなくて、天井から吊るされたクリスタルのシャンデリアが、煌々《こうこう》と部屋を照らしている。ギリシャ彫刻の胸像（石膏《せっこう》像ではなく、大理石だ）や、外国の風景を描いた油絵、エキゾチックなタペストリー、豪勢な生花などが飾ってある。この花はやはり、支配人が手ずから生けたのだそうだ。生け花の師匠並みの腕前だった。

はなぞのホテルの三人は、緊張で心臓を縮こまらせ、待ち続ける。

しかし、待てど、暮らせど、ゴブラン織りのソファには、何の変化も現れなかった。

「どうしたのかしら」と、吉井さん。

「少し遅れたのでしょう。お忙しい方だから」支配人が弁護する。

「むこうの時間が経過しても、こっちには予定通りに来られるはずですよ」吉井さんは、ちょっといらいらしているようだ。

「何か事情がおありなのでしょう。なにせ歴史上の人物ですから」支配人が弁護する。

「歴史上の人物なんですか？」

チズが驚いて声を上げたとき、旅行室の後ろのドアが開いた。焦《こ》げ茶色のマホガニー材の、彫刻と鋲《びょう》でかざった重厚なドアである。

出現したのは、絶世の美女だった。

年齢は三十代の半ばくらいだろう。日本髪を結って、着物の上にナナカマドの刺繍《ししゅう》をほどこした重たそうな着物をはおり（この重たそうで、すそを引きずっている上着を、打掛というのだそうだ）、テレビの時代劇に出てくる江戸城大奥の奥女中のよそおいである。

そして特筆すべきは、化粧だった。おしろいが——白いのだ。真っ白なのだ。まるでKISSみたいなのだ。口の中が、まっ黒なのだ。お歯黒をしているのだ！

「ちいとばかり早う着いたのでな、時の仙人の庵《いおり》で茶を馳走《ちそう》になっておった。問題はなかろうな」

「はい、もち、もち、もちろんでございます」

支配人は揉《も》み手をしていった。チズは揉み手をする人を、初めて見た。

白い顔がこちらに向いた。笑顔だったが、目は笑っていなかった。

「新顔か」

「は、はい」

思わず、チズも揉み手をした。

「これなるは、客室係の桜井千鶴にござりまする」

支配人の日本語が、何だか時代劇調だ。

「こちらにおわすは、春日局《かすがのつぼね》にあらせられます。頭が高い！」

そういわれて、チズも吉井さんも、練習したとおり頭を深く下げた。

「くるしゅうない。おもてを上げよ」

（カス……ガのつぼね？）

後になってチズが、スマホで検索したところ、春日局とはまことにいみじきお方だった。

職業は、徳川三代将軍・家光《いえみつ》の乳母で、江戸城に大奥を作ったのも彼女だ。四歳のときに、実の父が磔《はりつけ》にされたところを見たというのだから、壮絶だ。戦国時代末期に生まれたために、子ども時代から大変な苦労をしたようだ。

徳川家に仕えてから、彼女の人生は大きく拓《ひら》ける。咎人《とがにん》の子というところから人生が始まったのに、果ては朝廷から高い官位をもらうに至った。

自分が乳母として育てた家光を将軍の座に就けて、世継ぎを誕生させるため奮闘の日々を送る。将軍様御局の地位にあり、大奥のみならず天下を牛耳っていたというから、すごい。女性のフィクサーが総理大臣官邸の後ろに住んでいるようなものだ。

　ところで、春日局という名は、彼女が五十歳のときに朝廷からもらったもので、三十六歳である真時間の彼女の呼称ではない。本名は、斎藤ふくというのだ。しかし、はなぞのホテルでは、ほかの時代の人にも通用する「春日局」を名乗っているのだとか。

　しかし、春日局が、何のために二十一世紀に来たのか。

「ま、一応、観光じゃ」

　という。あまりに有名で、地位も高く、政敵も多い春日局は、旅行もままならないので、たまに別の時代に出向いて息抜きをしているのだとか。

　そして、ここからが、大人の事情である。

　実は、はなぞのホテルなどの時空ホテルは、歴史上の偉人から寄付を受けている。春日局も、高額な寄付をしてくれる人たちの一人だ。

　時間旅行の代金は決して安くはない。しかし、旅行者の宿泊代だけでは、ホテルはやっていけないのだ。はなぞのホテルは、こうしたＶＩＰからの寄付金で運営されているといっても過言ではない。

　その見返りに、はなぞのホテルでは、ＶＩＰの皆さまに特別サービスを行っている。時間旅行には従者を伴うことは認められていないが（身分社会ではない現代で、従者が主人にかしずいていたら、目立ってしょうがない）、身の回りのことを配下にさせるのが常であるVIPのために、付き人を都合したり、着替えを手伝ったりしている。

「ということで、桜井さん。客室係の仕事はいいので、当分は春日局さまの付き人をおねがいします」

支配人が、そらとぼけた口調でいった。

「はあ？　付き人ですか？　あたしがですか？」

付き人がはべるばかりではない。一般の旅行客には厳しく規制のある買い物も、VIPはかなり手ぬるい扱いとなっている。違法行為を予防するためのキンコジの装着も免除されているとのこと。

そんな春日局の旅行で、最初にすることは着替えだった。

チズだけでは手に負えないので、吉井さんも手伝った。

大奥でいちばんエライ人の衣装は、それはそれは大変なもので、豪勢で重たい打掛、その下に小袖、帯、下着類と続く。クーラーもない江戸時代に、夏はどうしていたのだろう。

打掛も小袖もずるずる引きずる長さで、それが地位の高さを現しているのだとか。この重量級の着物を全部脱がす……というか、取り外した後でピンクのニットのワンピースを着せた。

「おお、軽いのう。二十一世紀の服は楽で良いわ」

「お方さま、次は髪型でございます」

「うむ」

髪型は片はずしというアクロバティックな日本髪で、べっこうの櫛《くし》と簪《かんざし》と笄《こうがい》が挿してある。これを全部解《ほど》いて、カール用ヘアアイロンで巻き髪にする。髪が多くて長いから、大仕事だ。

着物よりも髪型よりもチズが驚いたのは、江戸の化粧だった。なんたって、おしろいが白いのだから。さっきも思ったけど、ヘヴィメタルのメイクみたいである。それを、クレンジングクリームを山ほど使って落とし、オークル系のファンデーションで化粧をしなおした。

お歯黒もすごい。歯が全部、黒光りしている。これは〈エドクリーン・オハグロホワイト〉という未来の歯みがきで白くなった。

メイクは、吉井さんがノリノリだった。アイメークを丁寧に施し、付けまつげまでくっつけた。

全《すべ》ての作業が完了したとき、チズたちはゼーゼーと肩で息をしていた。

「では、参ろう」

身軽で普通に美しくなった春日局は、颯爽《さっそう》と立ち上がる。

「え、どこへ？」

付き人のチズは、慌《あわ》てた。答えたのは、なぜか自慢げな吉井さんだ。

「S市秋のカラオケ選手権よ！」

「カラ、オケ？」

春日局のこのたびの旅行は、そのカラオケ選手権とやらに出場するためらしい。

「ところで、あの……何てお呼びしたらいいでしょうか？」

まさか「春日局さん」とは呼べないだろう。

「お方さまでよい」

「オカタ……サマ？」

そんな時代錯誤な呼び方をしたら、ひとに怪しまれないだろうか。

「何か問題でも？」

春日局が、じろりと振り返る。

「いえ――いえいえ」

春日局は、ワンピースに合わせた白のケリーバッグを片手に、はなぞのホテルを出て地下鉄の駅へと向かった。チズは急いで後を追う。

「おや、ICカードを落としてしもうたようじゃ。探してたもれ」

エスカレーターの途中で、後ろを振り返るなり、そんなことをいわれた。

「え……？　どこで落としたんですか？」

「それがわかれば、頼みはせぬわ」

「くっ……」

下りエスカレーターを漫画みたいな勢いで駆けのぼり、改札機の下から春日局の落としものを拾って、ホームに急行する。そのホームでは、何やら不穏な人だかりができていた。

野次馬で騒動の中心まで見通せないのだが、どうやら中心に居るのはほかならぬ春日局らしい。

「わらわのおいどにさわりて、すどおりとはいかなるりょうけん。このはれんちかんめ！」

わらわの御居処《おいど》に触りて、素通りとはいかなる了見。この破廉恥漢《はれんちかん》め！

わたしのおしりに触って、素通りするとはどういうつもり？　この痴漢！

春日局が時代劇言葉で怒っていたのは、つまりこんな感じのことだ。

チズは額を押さえて天を仰ぐ（地下鉄のホームだから天井だけど）。人垣をかき分けて春日局のかたわらに辿《たど》り着くと、周囲の人にぺこぺこし、痴漢（あるいは、痴漢にまちがわれた男性）にもぺこぺこし、駅員にぺこぺこして、全員を追い払った。

「そなた、なぜ謝る！　あやつは、たしかに、わらわの御居処を撫《な》でたのだぞ。あまつさえ、握りもしたのじゃ。むぎゅっと」

春日局はチズの臀部《でんぶ》を握るので、チズは慌ててその手をたたいた。

「あたしの御居処じゃないから、別にいいんです」

チズは面倒くさくなってそういうと、春日局を電車に乗せ、落としもののICカードを返した。

「はい、もう落とさないでくださいよ」

「理不尽なり、二十一世紀」

春日局のおかんむりは、地下鉄に乗っているあいだ中、続いた。

＊

官庁街近くのK公園では、騒音高らかにカラオケ大会が開かれていた。

会場の公園には、露店が出て、地元ゆるキャラの着ぐるみだとか、地元アイドルも出演して大盛況だった。

カラオケ選手権では、春日局はチズが予想していたよりもずっと健闘した。石川さゆりの『天城《あまぎ》越え』を歌って、決勝まで勝ち進んだのである。

（さすがに、江戸時代から駆け付けただけあるわ）

そんな春日局に、観客席から鋭い視線を送っている黒スーツの二人連れがあった。ITOの五十嵐さんと夏野さんだ。こんなイベントに出場するのは法律スレスレ――あるいは法律違反なのかもしれない。

決勝で負けた春日局は、文字通り地団駄を踏んで悔しがり、その地団駄のせいなのか、またしても落とし物をしてしまった。

「一大事じゃ。小判を落とした」

「ええぇ！」

「切り餅《もち》ひとつ。二十五両じゃ」

そんな珍しいものがほかのだれかに拾われたら、全国ニュースになる可能性だってある。拾われた場所が、このK公園ならば、春日局がどんな弁明をしたところで、落としたひとがバレバレである。付き人のチズが、五十嵐さんたちに叱《しか》られるに決まっている。是が非でも、捜しださねばならない。

思わずこぶしを握りしめていたら、メールの着信があった。

カンナからだ。

『見て見て。ガチ小判。ミツルが拾ったの』

二十五枚の小判をつまんで、金メダルみたいにかじるカンナの写真が添付されていた。この会場にカンナたちも来ているということか。チズは慌てて、カンナに電話をする。

＊

「大判小判が、ざーく、ざーく、ざっくざく！」

春日局は美声を張り上げ、能天気な歌を歌っている。

そして自分が泊まっている三階のスイートルームではなく、二階のシングルルームのドアを開けた。二〇一号室。時の仙人の部屋である。

ドアのすぐ内側から広がる無限の仙境に、春日局は慣れたように踏み出した。彼女ははなぞのホテルに登場したとき、「早く着いたから、時の仙人の庵でお茶を飲んでいた」といっていたから、仙人とは顔見知りということか。

一歩で百歩分も進む不思議な小道を、チズは慌てて追いかけた。

鷺《さぎ》に似た白い鳥が、優雅に視界を横切った。山の頂上にそびえる木の下で、猿が桃の実を食べている。風は現実世界の初冬の季節など無視して、ふんわりと暖かく花の香りがしていた。

「これは、これは、当世風のよそおいも、またお美しい」

春日局を迎えた時の仙人は、拱手《きょうしゅ》の礼をした。

「わらわこそ、時の仙人さまの神聖なお姿に接し、心が洗われる思いがいたします」

「なんの、わしこそ」

二人の褒め合いがひとしきり続く。

「して、このたびは、どうしたご用件で？」

「売ってほしいものがございます」

小判をテーブルの上に、トランプのようにザッと広げて置いた。黄金の光が、侘《わ》びた庵の中でひときわ冴《さ》える。

「操心丹を」

「ほう」

そういって、小判を手にとった時の仙人は、はっきりとわかるくらい金に目が眩《くら》んだ表情をしていた。

「ソウシンタンって何ですか？」

「人の心を操る仙薬だよ」

チズの問いに、時の仙人はあっさりと答える。それがまったく聞き捨てならぬことなので、チズは大いに驚いた。

「そんなものが？」

「操心丹は秘術中の秘術より生まれしもの。簡単には譲れませんな」

「もちあわせは、それしかありませぬぞ」

値段を吊《つ》り上げようとしても無駄なことだといわんばかりに、春日局は迫力ある声でいい放つ。時の仙人は意地汚い動作で小判を掻き集めると、興味本位な顔つきで相手を見た。

「いかなるゆえあって、操心丹をお求めか？　まずは、それを聞かぬことには」

「実は――」

春日局の眉根《まゆね》にしわが生じた。そこに、チズは真実の苦悩を見た気がした。

「わらわがお育て申し上げた、徳川宗家の嫡男《ちゃくなん》、竹千代ぎみが廃嫡の危機に直面しております」

「ハイチャクって、何ですか？」

スマホで調べてみる。廃嫡とは、跡取り息子がその地位を奪われることだ。竹千代ぎみというのは、徳川三代将軍の家光のことらしい。

「将軍さまと御台所さまは、自分たちの手元で育てた次男・国千代ぎみに将軍職を継がせようとしているのです。徳川将軍夫人ともあろうお方が、自ら子育てなさるとは、まさしく掟《おきて》破りの所業。自分の手で育てた子が可愛《かわい》いのは当然のことで、これを依怙贔屓《えこひいき》して将軍職にゴリ押しするなど、公私混同の極みでございます。

しかし、悪いことに、わが竹千代ぎみはいささか凡庸。かたや、国千代どのはこざかしくお育ちとか。幕閣、諸大名や旗本、出入りの豪商どもは、競って国千代どのになびくありさま。お可哀想《かわいそう》に、わが竹千代ぎみは、すっかりしょげてあらせられます」

「わが竹千代ぎみ」と「国千代どの」と、当の春日局自身も、かなり公私混同しているようにチズには聞こえた。

「そこで、策を案じました。駿府《すんぷ》におわします大御所さま（徳川家康《いえやす》）に、竹千代ぎみこそ将軍家を継ぐお方なのだと、お墨付きをいただこうと思うのです。

しかし、大御所さまの目からご覧になったところで、やはり国千代どのの方が将軍にふさわしいことは疑いもなし。現将軍も三男であるが、次男を差し置いてお家を継がれたことであるし……」

家康の長男・信康《のぶやす》は、のがれられない事情で非業《ひごう》の刑死を遂げている。

「しかし、でござりまするぞ」

春日局の声が、ひときわ大きくなった。腹に響くアルトが、部屋を通り抜ける風をも震わせる。

「阿呆《あほう》でも頓馬《とんま》でも、長男が将軍を継げばお家は安泰なのです。このたび竹千代ぎみを将軍とせねば、徳川家は代替わりごとにこのようなお家騒動を繰り返すこととなる。そこを、ほかの大名家に突かれたら、天下の一大事となります。竹千代ぎみが将軍となるのは、天下泰平のために絶対に必要なことなのです！」

「それも、一理ありますなあ。さすが、春日局どの」

「仙人さまのお力が借りたくて、このおふく、江戸時代よりまかりこしました！」

「本来ならば一万両はいただきたいが、ほかならぬ春日局どのの頼みじゃ」

時の仙人は、小さな壺《つぼ》から濃褐色の丸薬を一つ取り出し、それを春日局に渡した。チズの目には、チョコボールにしか見えないしろものだ。

春日局は、それをうやうやしく受け取ると、印籠《いんろう》に納める。

「ちょっと待ってください！」

二人の様子をじっと見守っていたチズだが、スマホを片手に憤然と割って入った。液晶画面には『春日局の生涯』が表示されている。

「駄目ですよ！」

「いかがした、おチズ」

「そんな薬を使ったら、駄目です」

「何を血迷うておる」

「だって――お方さまが、家康さんを説得するのは、歴史的な大事件なんですよ。江戸時代の行く末を決める大々イベントじゃないですか。時代劇のドラマとか、小説とか、漫画とか、映画とかの見せ場ですよ。お方さまの人生のクライマックスみたいなものですよ。それを仙人さまの薬を使って、ひょいと……本当にひょいと魔法みたいに家康さんの気持ちを変えてしまうなんて、ズルイです。絶対、そんなこと、駄目です！」

「たわけ者。それがうまくゆかねば、歴史が変わるのだぞ。そなたも生まれて来ぬかもしれぬのだぞ！」

春日局は閻魔《えんま》大王みたいな迫力でチズを叱ったが、チズとていったん口に出したことを簡単に引っこめては女がすたる。

「それでも、です！　家康さんを説得するのは、お方さまの仕事です。お方さまが生まれてきた理由は、そのためかもしれない……ってくらいの一大事です。操心丹なんて、そんな梅仁丹みたいなもので歴史を変えるなんて、絶対に駄目です」

「青いのう」

時の仙人は、つまらなそうにいって鼻で笑った。

「ほんに青うございますな。聞いていて、こちらが恥ずかしい」

ははは。ほほほ。二人は腹黒らしい笑いを交わし、チズの意見は無視された。

＊

春日局の泊まっているスイートルームは、ラベンダー色の壁紙にアイボリーのカーペットが敷かれている。

寝椅子《ねいす》にソファ、ロッキングチェア、テレビ、ブルーレイプレイヤー、冷蔵庫、簡易キッチンとバー、クローゼットとドレッサー、書きもの机、ガラスの飾り棚には七福神と鮭《さけ》をくわえた熊《くま》の彫刻が鎮座している。寝室は別間になっていて、ベッドはふかふかのセミダブルが二つ。枕《まくら》の上の壁には、フェルメールの複製が飾ってあった。

「クローゼットを見よ」

「はいはい」

さっき、渾身《こんしん》の諫言《かんげん》を無視されて、チズはいささか拗《す》ねている。

投げやりな足取りでクローゼットを開けると、真っ赤な地に金と黒で虎《とら》の刺繍をした打掛がハンガーに掛けてあった。「夜露死苦」って感じの意匠だ。

「その打掛、そなたにつかわす。羽織ってみよ」

「はい？」

「はい、ではない。着てみよと申しておる」

「いや……」

チズは特攻服のような打掛を見つめ、いやそうにハンガーから外した。見れば見るほど、着たくない。

(「つかわす」ってことは、「くれる」って意味だよね)

1LDKのチズの部屋に、こんなかさ張る着物なんか置く場所などない――加えて、置きたくない。第一、着ないし。

「さっきは、すまなんだ」

春日局がぼそりというので、チズは驚いて顔を上げた。

「そなたのいうとおりかもしれぬ。されど、こたびのことは決してしくじるわけにはいかぬのだ。察してたもれ」

「は——はい」

天下のキャリアウーマンに謝られて、チズはすっかり恐縮してしまった。自分の方こそ、時の仙人のいうとおり青かった気がする。赤い袖《そで》に腕を通し、姿見の前に立って見た。

「あはははは」

死ぬほど似合わない。似合ったらどうしようとも思ったので、ひとまず安心した。何はともあれ、もらいたくないけど——高そうなだけは高そうだ。ひょっとしたら、千葉の実家の土地家屋くらいの値段がするのかもしれない。

「おお、よう似合うておる。いずれ婚礼のときに着るのだぞ」

こんな花嫁衣裳《いしょう》を着たら、花婿《はなむこ》は音速で逃げるだろう。

＊

「ビールとつまみを買ってまいれ」

さっきの殊勝な態度は一瞬のことで、春日局は元通りの高慢な将軍様御局にもどっている。

「代金は立て替えておいてくりゃれ。打掛をくれてやったでな、それくらいよかろう」

いや、本気で要らないから……。

小路を抜けた角にあるコンビニで、缶ビールとチータラとサラミとポテチと茎わかめを買った。合わせて一九一九円。就職したてで、まだ給料をもらっていないから、大出費である。

またしばらくすると、春日局は大あくびをした。

「飽きた。ブルーレイでも借りてまいれ。『藍色《あいいろ》の愛』を全巻たのむ」

断る選択肢はないと思ったので、駅裏のレンタルショップに向かった。

（ひょっとしたら、あの虎柄の着物って確信犯かも――）

時の仙人の庵でチズに楯突《たてつ》かれたのを根に持って、わざとあんな泣く子も黙るような打掛をくれたのかもしれない。また逆らったら、唐獅子《からじし》模様の綿入れ半纏《はんてん》とか、倶利迦羅《くりから》竜王模様の浴衣《ゆかた》とかを下賜《かし》されてしまったりして。

（なんちゅー、陰険な太っ腹さだ）

勝手に想像して勝手に腹を立てながら、チズは純愛ドラマ『藍色の愛』を一巻から四巻まで借りた。合計一五五六円。最終巻は貸し出し中だった。そう報告すると春日局は、少しも喜ばずに舌打ちまでしたので、チズは心底からムッとした。

「操心丹も手に入ったし、帰らなくていいんですか？　大奥って忙しいんでしょう？

お方さまが留守にしている間に、クーデターとか起こってたりして。あ、そうそう。帰るときは、たてかえたお金、返してくださいね。合計三四七五円ですから」

「そなた、時間旅行を何と心得ておる」

春日局は、バカにするように笑った。

「こちらで幾日を過ごしても、来た時間の五分後にでももどれば問題ないではないか。厠《かわや》にいったぐらいの時間しか不在にせんで済むのじゃ」

「それ、ズルイ。ていうか、現実の時間と体験した時間に差ができたら、実生活の方でむやみに疲れたり、むやみに年とったりしません？」

「確かにな。だから、時間旅行は十日以内と定められている」

「それでも、ズルイ……」

「高額寄付の優待特典じゃ。ＩＴＯも認めておる。文句があるなら、ＩＴＯ長官にでもいうがよいわ」

春日局は勝ち誇って高笑いすると、『藍色の愛』を観始めた。

チズは退屈である。春日局といっしょに『藍色の愛』でも観ていればいいのだろうが、チズはメロドラマがあまり好きではないのだ。

「あの……客室係の仕事をしてきていいですか？」

「ならん。わらわが用をいいつけるまで、そこで控えておれ」

（どれだけエライんだ、この人は）

「おチズよ、そなたは若い。この先、さまざまな人に会い、ときには味方となり、ときには敵となることもあろう。ただ、ひとつ覚えておくのじゃ。片方のいい分だけを聞くな。どのような場合にも、争う双方の言葉を聞け。それが無理なら、双方を理解するように努めよ。それで初めて、その眼にものが見えるであろう」

春日局は、チータラを前歯で噛《か》み切り、もぐもぐしながらいった。

ドラマの中では、ヒロインと、恋人の元カノの一騎打ちが展開されている。

春日局はヒロインびいきなのだが、元カノの立場も思いやらねばと考えているようだ。

「おチズ、ビール」

「そこにあるじゃないですか」

「手がとどかぬ」

テーブルの端に置いてあったビールを手渡し、チズは呆《あき》れた。どれだけエライんだ、この人はと、繰り返し思った。

＊

帰宅してすぐ、電話が鳴った。母からだった。

——何度も掛けたのよ。音信不通なんて、不良みたいじゃないの。

開口一番、怒られた。

「ごめん、気が付かなかった」

春日局の付き人をしていると教えたら、母はどんなにびっくりするだろう。そんなことを想像していると、母はいつもと同じようなことをいい始める。

――あんた、そろそろこっちに帰って来る気ないの？　丸岡印刷の社長さんが、事務で雇ってあげてもいいって。

「仕事なら、こっちでしているから」

――何の仕事をしているのよ。前の会社、クビになったんでしょう。

「今はホテルの客室係。それと、ベルガール」

――いかがわしい仕事じゃないんでしょうね。

「そんなことないよ。ええと……第三セクターみたいな感じのところだから」

――みたいな感じのところって何よ。――お正月には帰って来るんでしょう？

「わからない。仕事、休めるかどうか、わかんないから」

――しょうがないわね。近いうち、お父さんといっしょに一度そっちに行くわ。

「来なくていいよ」

――何いってんの。

電話はそんな調子で三十分も続いた。

話が終わっても、目が覚めてしまって眠れない。カンナにＬＩＮＥを送ったら、向こうも起きていた。

『わがままなお客さんのお世話係をさせられて、親から電話きて説教されて、もう最悪だよ』

――気晴らしが必要だね。どっかに遊びに行くとか。

『どこに？』

――ラッキーランドとか。

ラッキーランドは、Ｓ市に冠たる老舗《しにせ》遊園地だ。

『しょぼ』

――文句いわない。あたし、今度の休みにミツルとラッキーランドに行くんだ。お弁当作ってさ。お化け屋敷で、めちゃくちゃ怖がって、ミツルに抱きつく予定。

『そういうことまで、予定を立てるの？』

――あたりき。

『あたりきって……』

「あたりき」を検索して、チズは一人で「ははは」と笑った。

『明治時代の流行語だって』

――本当に？　あたしって実は教養ある？

『教養っていうか、どっちかっていうと死語というか？』
そんな感じでまた三十分ほどもやり取りした後は、曲がったおへそも元にもどってい
た。

＊

疲れが取れないまま、出勤した。

「もしもし」

ソファに腰をおろしていた老紳士が、ぺこりと頭をさげたので、チズも立ち止まって
会釈《えしゃく》を返す。

「はい」

「五反田へは、どう行ったらよろしいか」

杖《つえ》に体重を乗せ、前かがみになって老紳士はそう訊《き》いてきた。

「え？」

五反田といえば東京だよな、と、チズは目をぱちくりさせる。

「あの――ですね。S駅で新幹線に乗りまして――」

「S駅とは、右か左か南か北か？」

「ホテルを出て右に行きますと大通りに出ますので、次に左に折れますとS駅です」

「して、五反田は？」

「S駅で東京行きの新幹線に乗りまして、東京で降ります」

「五反田は東京にあるのだから、東京で降りるのはしごく当然。よけいな説明はしなくてよろしい」

「はあ……すみません」

「東京駅で降りて、どちらに行くのかね？　右か左か南か北か？」

「あれ？　どっちだっけ？　あとは駅員さんに訊いてもらえれば……」

チズがいいかけると、老紳士は突然に怒り出した。杖を振り上げて、ギャグ漫画かSMのSの人みたいなポーズをとる。

「なんたる不親切。はるばると来た旅行者に道を尋ねられ、駅員に訊けと突っぱねるのか！」

騒ぎを聞きつけた支配人が、すっ飛んで来た。

「はい、お客さま、お尋ねごとのご用命は、この支配人がうけたまわります」

「すみません」

チズが支配人に謝ると、老紳士はまた怒りだした。

「きみが頭を下げるべきなのは、支配人ではなく、道順を教えられなかった、このわたしにではないのかね」

「ごもっとも」

支配人は、得意の揉み手をした。

「これ、桜井くん。きみが頭を下げるべきなのは、こちらのお客さまにだよ」

「はい、すみません」

つい、また支配人に向かって頭を下げたとき、不意につむじ風が起こってチズの全身を包む。足が床から浮かび上がったような気がして、驚いて顔を上げると、チズは時の仙人の庵にたたずんでいた。山頂から暖かい風が吹き下ろして、花のかおりがする。

「難儀しているようなので、助けてあげたよ」

「ありがとうございます。でも、あのお客さん、もっとカッカしないでしょうか？」

「カッカしたい人には、カッカさせときなさい」

「ところで――」

チズは仙人の庵の、相変わらず風流な様子を見渡しながらいった。

「お方さまに売った操心丹なんですけど……。そういうものを、簡単に人に渡して良いもんなんでしょうか？　わたしが思うに――」

「ホッホッホッ」

時の仙人が笑う声が、風の壁にへだてられた。

ふたたびつむじ風が起こって、次の瞬間、チズははなぞのホテルの廊下に居た。どうやら時の仙人は、操心丹のことを追及されたくないらしい。

「ちょっと、あなた。この部屋のトイレットペーパーが切れたままよ」

廊下に居たお客さんに、怒った口調で話しかけられた。

「すみません！」

謝ってばっかりだ。チズはリネン室に飛んで行くと、新しいトイレットペーパーを両手に持って部屋に届けた。

「遅くなっちゃった」

三階のスイートルームのドアをノックすると、春日局は『藍色の愛』を繰り返し観ていた。

＊

二泊した朝のことだ。

藍鼠《あいねずみ》の郡上紬《ぐじょうつむぎ》にベルベットのコートを羽織り、白足袋に革草履をはいて、髪を結い上げた春日局が、しゃなりしゃなりと階段を降りてきた。

同じ着物といっても、江戸城大奥の装《よそお》いとはちがい、現代的で粋《いき》な風情《ふぜい》だ。

「お方さま、本日はまたまことに楚々《そそ》として洗練された装い。現代のおなごなどは、お方さまの足元にも及びませせぬな」

支配人が、さっそくお世辞をいった。現代のおなごであるチズと吉井さんは、ムッとする。

「ほほほ。くるしゅうない」

春日局は、白い手で口元を隠して笑う。

「しばらく、東京に行く。おチズは来ずともよいぞ。思う存分、客室の掃除をしておれ」

「え？　いいんですか？」

来なくてよいというより、歴史上の人物である春日局が、勝手に東京などに出かけていいものなのか？　そういいたいチズの胸の内を読んで、春日局はいやそうにわらった。

「そなたが来ずとも、あやつらがどこまでも見張りに付いて来るわ」

ちらりと見やった正面口の方、塀の向こうに黒いスーツを着た二つの人影が、すっと隠れるのが見えた。ＩＴＯの五十嵐さんと夏野さんだ。

「お方さまは、東京で何をするんです？　まさか、総理大臣に会うとか？　アメリカ大統領の密使と会うとか？」

「ほほほ。むさ苦しい男どもの顔など、すでに江戸城で見飽きておる。何をかくそう、石川さゆり特別公演を観に行くのじゃ」

春日局は、るんるんと袖を振った。

「いし……ひょっとして、めっちゃファンなんですか？」

「めっちゃファンじゃ。ではな。土産は東京ばな奈《な》ゆえ、楽しみにしておれ」

春日局の粋な後ろ姿が、回転ドアの向こうに消える。

間髪を置かず、伊賀者《いがもの》のような身のこなしで、ＩＴＯの二人が後を追った。

「お方さま、行く前にあたしがたてかえていた三四七五円を返してください――」

そういって、チズが追いかけたときには、和装の貴婦人の姿はもう消えていた。

十二月十日（月）

朝からみぞれの混じった寒い日になった。初冬の気候はからだが寒さに慣れていないから、ひとしおこたえる。

チズははなぞのホテルの制服である白いブラウスと紺色のジャンパースカートの上に、毛糸のカーディガンを着こんで、首にはフリースのネックウォーマーを巻いている。

昨夜、東京から帰った春日局は、鼻歌で『津軽海峡冬景色』を歌いながらロビーをうろうろしていた。つかまると、熱い演歌論に付き合わされるので、だれも目を合わせないように逃げ回っている。

通用口から寒そうに走り出るのは、出入りの精肉店の若社長だ。厨房《ちゅうぼう》には、大きな七面鳥が存在感たっぷりに置かれていた。そのわきには、サラダ用とシチュー用の野菜の山、そのわきには、仏頂面《ぶっちょうづら》の吉井さん。

客室の掃除に向かうチズの表情もまた、固かった。

千葉の両親が、お見合いを計画中だという。

昨夜の電話での、母のはしゃぎっぷりといったら……。

そんなにお見合いしたきゃ、自分ですればいいのに。

こっちは、まだ二十三歳。結婚なんて先の話。

なんていおうものなら、お母さんは二十二歳で結婚したとか、就活で失敗したんだから婚活しかないのよとか、打ち込む仕事もないのに結婚を先延ばしにするのはただの親不孝だとか、近所のだれそれさんに「おたくのチズちゃん、そろそろ片付く年頃ね」といわれたとか、主に親の立場と都合をエンドレスで聞かされるのである。

掃除機と廊下のカーペットに八つ当たりして、ガーガーと埃《ほこり》を吸っていたら、二〇一号室から時の仙人が出て来た。何やら、そわそわしていた。手にはソフトボールくらいの大きさの、赤い玉を持っている。ガラスのようにも、金属製のようにも見えた。よく輝いてきれいだ。

「おはようございます、仙人さま。クリスマス飾りですか？」

「あ、いや、これは、あの、ちがうのじゃ」

なぜか、うろたえている。

「今日は忘年会ですから、お酒が飲めますよ。参加費は五千円です」

「いや、わしはええと、ちょっとパス」

「そうなんですか。残念だなあ」

チズは掃除機のスイッチを切った。

「あたしも思いっきり飲みたいのに、お酒が飲めないんですよね。こういう人って下戸っていうんですっけ、不公平ですよね。実は、ちょっとむしゃくしゃすることがあって――」

チズは両親の横暴さをひとくさり聞いてもらおうと、愚痴っぽくなる。

しかし、時の仙人はきょときょとと目を泳がせた。

「それは、残念だね。じゃ」

出て来たばかりの仙境の部屋へ、もどってしまった。

チズは不満と不完全燃焼を抱えて、閉じてしまったドアを見つめた。しかし、時の仙人はもどってくる気配はなく、さりとて庵《いおり》まで押しかけて行って親の愚痴を聞いてもらいたいわけでもない。

「おチズ、話し相手が欲しいようじゃの。くるしゅうない。わらわの土産話、とくと聞かせてとらすぞ」

階段の踊り場から春日局が、退屈そうに話しかけてくる。

「いえいえ、いいんです。今日は忘年会なんですから、早く片付けてしまわなくちゃ。お方さまも、ちゃっちゃと朝ごはんを食べちゃってくださいよ」

「朝餉《あさげ》なら、とっくに済ませておる。なんなら、掃除を手伝ってやろうか」

「いいんですってば。お客さまに掃除なんかさせられませんよ」

「退屈じゃのう。忘年会、やるなら早うせい」

「お方さまは、お部屋で『藍色の愛』でも観《み》ていてくださいよ」

「もう飽きるほど観たわ。ドラマの筋立てをそなたに聞かせてやれるほどじゃ」

「いえいえ、けっこうですから」

廊下の掃除を終えて、階段に移った。

重たい掃除機を片手で持って、一段一段、埃を吸い取ってゆく。腕力が要るが、毎日やっているから慣れたものだ。日焼けで色あせたカーペット（元は真紅だったようだ）から埃がとれて、きれいになってゆく。

一階に降りると、ロビーには宿泊客の久保田さんが居た。

四十代くらいに見える紳士である。

春日局にくらべれば、久保田さんは模範的なお客さんだった。着替えを手伝えなんていわないし、コンビニにお遣いに行かされることもない。——つまり、普通のお客さんだ。

(今と、そんなにちがう時代の人じゃないんだろうな)

流行の服を着るようなタイプの人ではないが、着ているものは現代とズレのないものだった。よくよく目を凝らすと、額のあたりから頭をぐるりと囲む金色の輪っかが、うっすらと見え隠れする。というか、よーくよく見ないと、それは全く見えない。時間旅行者の身分証明でもある、キンコジだ。外してしまうと金色のティアラそのものだが、装着すると無色透明に近くなる。かつてアクシデントが起こってチズの頭にはめられてしまったときも、チズ自身にすら見えもしないし触れることもできなかった。果てしなく賢いAI搭載、旅行者の思考を読み違反者に懲罰をくわえる、未来のテクノロジーの粋だ。

そのうっすらと見え隠れするきらきらした輪っかが、久保田さんがはなぞのホテルのお客さんであることを示していた。

「久保田さん、おはようございます。今日の忘年会は出られますか?」

「はい、よろしければお邪魔します」

久保田さんは、礼儀ただしい会釈をくれて、そう答えた。

「吉井さんが、すごいご馳走《ちそう》を作ってくれるみたいですよ」

「楽しみですね」

「はい」

お互いに笑顔で言葉を交わしながらも、ふたりともどこか目が虚《うつ》ろだった。チズの頭の中には、お見合いという暗雲が垂れこめている。久保田さんも何かを抱えているのだろうか。

＊

食堂は、チズと支配人の二人で、手作り感たっぷりの飾りつけをした。

クリスマスツリーや、折紙で作った鎖、時の仙人の手による『忘年会』の垂れ幕、入学式みたいな紅白の幕、授賞式みたいな金屏風《きんびょうぶ》、テーブルを全《すべ》てくっつけて、とってきのテーブルクロスを掛け、クリスマス仕様のフラワーアレンジメント、燭台《しょくだい》には赤いキャンドル、支配人特製のエッグノック、吉井さんが腕をふるった前菜、スープ、シチュー、サラダ、七面鳥のロースト、プディング、ケーキ。

時の仙人が抱えていた赤い玉は、やっぱりツリーの飾りではなかったようだ。

宴席に集ったのは、支配人、吉井さん、中3になる吉井さんの息子、ＩＴＯを代表して五十嵐さん（夏野さんは、インフルエンザで急遽《きゅうきょ》欠席である。吉井さんは「だから予防接種しておけといったのよ」といっている）、チズ、お客さんの久保田さんと針生《はりう》さん、そして、念入りにおめかしした春日局だ。

「斎藤ふく子と、申します。どうぞ、よろしう」

手描き友禅のあでやかな着物に、髪を高く結い上げて、春日局は大物のオーラをビシバシ出しまくっている。

「あの……こちらは、プロの歌手の方？」

針生さんが、チズの耳元でこそこそ訊いた。

「いえいえ、ただのおばさんですよ」

チズも、こそこそ答える。

そんな針生春馬さんは、だれもが知る売れっ子の小説家だ。チズは読んだことがなかったけれど、吉井さんに勧められて、駅前の書店で文庫本を買って来てサインしてもらった。本の帯を見ると一〇〇万部突破と書いてあった。ひえ～、である。

蓄音機から流れる枯れた音のクリスマスソングが、年末の雰囲気を盛り上げている。

金屏風の前で、支配人がスピーチをした。

いつもは三つ揃《ぞろ》いのスーツでピシッと決めているが、今日はタキシードを着ていた。

でも、緊張して咳払《せきばら》いばかりのスピーチは、だれも聞いてあげてない。

チズはとなりに座る吉井さんに耳打ちした。

「仙人さま、やっぱり来ないんですね」

「あたしも今日は休もうかと思ったのよ」

吉井さんの顔色がさえないので、チズは驚いた。こんなご馳走を用意した人のいう言葉とも思えない。

「吉井さんが居なくちゃ、パーティにならないじゃないですか」

「いいじゃないの。お惣菜《そうざい》とか買って、ちゃちゃっとやっちゃえば」

それを聞いて、吉井さんが完全になげやりになっていることに気付いた。

「どうしたんですか？　何だかいつもの吉井さんとちがうけど」

「旦那《だんな》が……」

そう切り出してためらい、長い息と一緒に言葉を吐き出した。

「元旦那が結婚するんだって」

「あ、それがショックだったんですね？」

「そうじゃないの！」

吉井さんが怖い声を出すので、支配人のスピーチがとまって、一同がこちらを見た。

吉井さんとチズはそろってホールドアップの格好をして、作り笑いをする。スピーチは再開し、吉井さんもこそこそ話を続けた。

「あんな瘋癲《ふうてん》の表六玉の甲斐性《かいしょう》なし」

甲斐性なしだけは、かろうじて意味がわかる。

「再婚したら、もう息子の養育費は払わないっていうのよ」

「一大事じゃないですか」

吉井さんの憂愁が、好きとか嫌いとかの生易しい話じゃないとわかって、チズも慌《あわ》てた。

「そうなの。一大事なの。支配人に、給料を上げてもらえないか、交渉してみようかしら」

「たった一人の労働組合ですね」

「さびしいわね。あんたもいっしょにどう?」

「考えときます」

交渉ごとが苦手なチズがそう逃げを打っていたら、支配人のスピーチが終わった。

乾杯のあと、お待ちかねの食事である。

チズは吉井さんの息子と受験の話をしながら、七面鳥を切り分けた。

お客さんの針生さんが、すっくと立ちあがって満面の笑みで一同を見渡した。

「皆さんに、一足早いクリスマスプレゼントがあります。ぼくの新作をプレゼントします。この場で披露する物語には、皆さんも登場しますよ」

キャー。ヒュウヒュウヒュウ。

調子に乗ったチズと吉井さんの息子がはしゃいだ。

針生さんはシャンパングラスを気障《きざ》な感じに持ち上げて、チズたちにほほえむ。

でも、それって、どういうこと？

チズは期待に満ちた目で針生さんを見つめた。

新作の本をくれるのかと思ったが、そうではないようだ。針生さんが、まだ文章にしていない物語を、この場で話して聞かせるという趣向らしい。サインをもらうために書店に走って一冊だけ買い求めたチズだが、まだその一冊すらも読んでいない。読者ともファンともいえないことを後ろめたく思ったけど、針生さんの笑顔はとても寛容だった。

ともあれ、宴会の雰囲気も相まって、チズはとてもワクワクする。

吉井さんばかりは、心ここにあらずで、吉井さんの息子は完全にご馳走に気を取られているけど、そのほかの人たちは一様に目を輝かせた。

＊

はなぞのホテルに宿泊していた作家、針生春馬が失踪《しっそう》した。

朝食にもチェックアウトにも現れないのを不審に思った支配人が、部屋に電話を入れたが、呼び出し音が続くばかりである。

昼過ぎ、針生の泊まる二〇二号室の部屋へと向かった。

ちょうど、隣室に宿泊していた久保田が、外出から部屋にもどって来た。

久保田は支配人の深刻そうな顔色で何かを察したのだろう。自らも眉間《みけん》にしわを寄せ、打ち明け話をするようなひそひそ声になった。

「昨日、隣の部屋から、悲鳴が聞こえたんですよ」

久保田は、そんなことをいい出した。

「悲鳴、ですか？」

「いや、号泣とでもいうんだろうか。ああとか、うおおとか、ぞっとする低い声で十秒くらいも続いたかなあ。それっきり、カタリとも音がしなくなって。ちょっと気味悪いから、フロントに電話しようと思ったくらいですよ」

はなぞのホテルは、とりわけ壁がうすいというわけではないが、建物が古いせいなのか、隣室のテレビの音なんかが漏れ聞こえる。しかし、悲鳴やら号泣やらというのは、穏やかではない。支配人は、いよいよ緊張した。

「針生さま。針生さま。お具合でも悪いんでしょうか？　ドアを開けてもよろしいでしょうか？」

室内からの返事はない。ドア越しの気配もない。つまり、無反応である。『起こさないでください』の札もかかっていない。

「お部屋の掃除をしたいので、このままってのは困ります」

客室係の桜井が、掃除機を持って二人の後ろに立っていた。新米らしく几帳面《きちょうめん》な桜井は、『起こさないでください』の意思表示のない部屋を掃除しないのは、月末に給料がもらえないくらいの一大事だと思い込んでいる。

チェックアウトの時間を超過したからといって、部屋に踏み込むのもどうかと思ったが、悲鳴だの号泣だのと聞いてはいよいよ心配になる。新米客室係は、手振りで「開けて、開けて」と急《せ》かした。

「それじゃ、失礼して。ごめんくださーい」

勝手に入ってくるな。

このホテルには、客のプライバシーもないのか。

なんて怒鳴られるシーンを想像しながら、支配人はマスターキーを使ってドアを開錠した。その場の流れで、桜井と久保田も、支配人の肩越しに室内を覗《のぞ》く。

マスターキーで開錠した二〇二号室に、針生の姿はなかった。

空っぽの部屋に、支配人に続いて、おせっかいな隣の宿泊客と、新米客室係がぞろぞろ入って行った。三人が見たのは、使用した形跡のないベッドや、机の上に置かれた部屋の鍵《かぎ》である。今時のカードキーではなく、昔ながらのアクリルホルダーがついた古びた鍵だ。

「まるで消えちゃったみたいですね」

客室係の桜井が、率直な意見をのべた。

「鍵をフロントにあずけないで外出してしまったとか」

隣室の久保田が、常識的な見解をのべた。

はなぞのホテルの宿泊客は、外出時に鍵をフロントにあずけるという旧式のシステムをとっている。はなぞのホテルを利用する客が時間旅行者であり、ともすれば時間のパラドックスを起こしかねない可能性をもっているから、不在の管理は基本なのだ。トラブルを防ぐために、客たちは頭にキンコジをはめられてはいるのだが。

「もしや昨夜の悲鳴は、法律違反した彼が、キンコジに締め付けられて、頭の痛みに耐えかねた叫び声だったんでしょうか？」と、久保田。

「あれは、本当に痛いんですよ」と、桜井。

「鍵がここにあって、ご本人が居ない。これは、行方不明ということです」

支配人が鼻の頭の汗を、ハンカチでぬぐった。

「すぐにＩＴＯを呼ばなくては」

「でも、ちょっとコンビニにミネラルウォーターを買いに行っただけかも」

桜井が穏当なことをいったが、支配人はかぶりを振った。

「ドアの鍵がかかっていたんですよ。そして、鍵はここにある。針生さんは、この部屋に居て消えたんだ。これは、密室消失事件です」

物語は時と場面を超えて、一人の青年・奏介の話になる。

社会人五年目の奏介が、給料の手取りが十四万円になったので二間の部屋に引っ越した。

一九八×年のことである。

築四十年のオンボロアパートだったが、居間と寝室が別であるだけでも嬉《うれ》しい。

不動産屋で契約を済ませ、鍵を受け取り、荷物を運びこむ前にまだからっぽの部屋を訪れた。そこで、忘れ物を発見した。先日、不動産屋の社員と部屋を見に来たときには、見つけられなかったものだ。

単行本だった。

この部屋に負けず劣らず、ずいぶんと古びた代物《しろもの》で、カバーもついていない。厚い表紙の角は擦り切れて、ページの端は陽に灼《や》けて黄ばんでいた。中にはお茶だか醬油《しょうゆ》だかのシミもある。裏表紙を開くと、余白のページに鉛筆で〈100円〉と書きなぐってあった。古書店の店先のワゴンででも売られていたのかもしれない。

タイトルは『月下の祭典』と銀色の箔押《はくお》しがされていた。著者は川崎大。読書の習慣がない奏介には、聞き覚えのない作家だ。

「ふうん」

だれもいない部屋で、声を出してうなずいてみた。

本は窓がまちに置いた。

翌週の日曜、業者に荷物を運んでもらうと、広かったはずの部屋は足の踏み場もない有様となった。

幼稚園から高校までの卒業アルバム、大学時代の貧乏旅行で手に入れた民芸品の数々(貝殻をつなげた安っぽい首飾りとか、木のお面とか、遠吠《とおぼ》えしている犬みたいな木彫りの置物とか)、先輩からもらったステレオとスチールデスク、就職祝いに両親が買ってくれた二〇型の赤外線リモコン搭載テレビ……そんなものを、引っ越しのたびにえっちらおっちら運んでいるのだから、部屋も狭くなるというものだ。

まだカーテンをかけていない窓の、かまちに載せた『月下の祭典』が、ひっそりと自己主張していた。

寝られるだけのスペースを確保すると、奏介は財布と本を持って、近所の定食屋に行った。周辺を下見した時点で、目を付けていた店だ。アパートにも、この本にも、負けず劣らず古びた店だった。このタイプの定食屋にハズレがないことを、貧乏学生から貧乏サラリーマンに育った奏介は、経験的に知っている。

店は満席ではないが、ガラ空きでもなかった。

奏介は、真ん中のちょっと落ち着かないテーブル席に座ると、オムライス定食を注文した。三角巾《さんかくきん》をかぶったやせたおかみさんが、底抜けの笑顔を見せてくれた。高い棚にテレビが乗っかっていて、巨人対阪神《はんしん》戦を放送していた。当時のことだから、店は煙草《たばこ》の煙でうっすらと曇っていて、やはり当時のことだから、喫煙者でない奏介も別に気にもならなかった。茶色っぽくなった福助人形と、まねき猫が、並んで本棚の上に鎮座している。本棚の中には、ボロボロの漫画本が揃えて並べられていた。

オムライス定食は、さほど待たせずにやって来た。

玉子の上に、ケチャップではなく濃いめに味付けしたとろとろのスクランブルエッグが載っている。玉子の上に、玉子だ。これが、やけに美味《うま》かった。付け合わせの味噌汁《みそしる》の出汁《だし》が絶妙だ。サラダもたっぷりで、お腹《なか》はご機嫌にふくらんだ。

近所にこんな美味い定食屋があるとは、良いところに引っ越したものだと思った。

それに加え、持って来た『月下の祭典』が面白くて、われを忘れて読みふけった。

驚いたのは、途中であとがきを読んだときだ。著者の川崎大は、奏介と同い年だった。『月下の祭典』は、川崎が大学一年生のときに新人文学賞を受賞した作品だというのである。

(こんな面白い本……)

読みながら羨望《せんぼう》と嫉妬《しっと》を同時に覚えた。いずれも似たような感情だ。これを自分と同い年の人間が書いたのだ。それでも作品を嫌いになり、読むのをやめるなんてできなかった。それほど、面白かった。面白いと思うにつけても、この川崎大なる作者と自分をくらべてしまう。

(定食がうまいとか、二間のアパートに移ったとかって、おれの幸せってささやかなもんだなあ)

部屋にもどった奏介は、本にしおりが挟んであるのに気付いた。いや、しおりではない。名刺である。十中八九、この本の持ち主のものだろう。

奏介は人生でほぼ初めての読書という体験に、いささか酔っぱらっていたのかもしれない。だから、普段なら決してしないだろうことをした。翌日まで待って、名刺の人物(野村 某《なにがし》という)に電話を掛けたのである。

名刺だから職場の番号で、奏介も会社の玄関に据え付けられた公衆電話を使って掛けた。

電話を取ったのは若い女性で、すぐに「少々お待ちください」と感じのよい声でいわれた。保留音の『パッヘルベルのカノン』が鳴った。この時点でようやく、奏介はバカなことをしているのではあるまいかと気付く。このまま切ってしまおうかと思ったとき、野村が電話口に出た。

野村は感じの良い人物だった。声からすると、奏介と同年代の若い男だ。

まさしくバカげたことだが、奏介は今の今まで、本を持ち主に返すことなど考えていなかった。しかし、会話の流れで仕方なく、本を返したくて連絡したと告げた。

「ええ？　わざわざ、それで掛けてくれたんですか？」

百円の古本だ。野村のいうわざわざという言葉が、奏介には皮肉にも責められているようにも聞こえた。実際のところ、野村は少なからず感激していたのだが。

「本を返してもらうには及びませんが、お互いの引っ越し祝いに会いませんか？」

野村はそういってきた。自分から連絡をとっておいて、ここで「いやだ」なんていったら、それこそ変な人である。それに、野村の声の明るさは、好感が持てた。奏介はすぐに了解した。

繁華街の居酒屋で会った野村は、電話の声のとおり、感じの良い人物だった。年齢は奏介より二歳上で、まだ独身だった。

「本の忘れ物で、わざわざ連絡をくれるなんて感じ入ったよ」

会って五分も経《た》たないうちに、お互いに敬語を使わなくなった。

「その本、そんなに気に入ったのなら、進呈するよ。オンボロで悪いけど、せめてもの引っ越し祝いだ」

「ありがとう」

「本、好きなんだ？」

「いや、実はほとんど読まないんだけど、これは面白いなと思って」

「じゃあ、もっと読んだらいいのに。この世には面白くない本なんて、ないんだから」

「そんなことないだろう」

野村の極論を、奏介は笑った。

「いや、作家が脳みそをすり減らして書く、編集者がほとんど命がけで本を作る、目利《き》きの書店員が自信を持って売る。つまらないはずはないよ」

「野村さんって、出版業界の人……じゃないよね？」

名刺は市役所の職員のものだったが。

「おれ、定年退職したら古書店を開きたいんだよね。本まみれの生活がしたい」

「そんな先のことまで考えてるんだ？」

「そんな先じゃないと、夢はかなわないって話さ」

お互いの職場の話になり、実家の話になり、恋人が居ない話になり、意気投合して乾杯を繰り返して、三件の店をはしごして別れた。

その後も、二人は休日などによく会い、野村のクルマで遠出することもあった。肝試しなんかにも出かけた。以前にテレビの撮影クルーまで来た、有名な心霊スポットへだ。

そこは温泉ホテルの廃墟《はいきょ》で、倒産した後で首つり自殺をした社長の幽霊が出るだとか、温泉で溺《おぼ》れた子どもの幽霊が出るだとか、近くの共同墓地へと導かれる途中で死霊《しりょう》が立ち寄るだとか、奏介も学生時代からさまざまな怪談を聞き及んでいた。有名な遊び場だったから、当時の仲間たちと来ていてもよさそうなものだったが、そうしなかったのは、案外と懐疑的で堅実な友だちと付き合っていたのかもしれない。野村がすぐにここに来たがったのは、逆に意外と物好きな男なのかもしれない。

奏介たちは、それぞれ懐中電灯を片手に、屋根があるのになぜか水浸しになった建物を見て回り、鼠らしき生き物の足音に肝を縮めたり、ペンキのスプレーで落書きされた壁を見て、暗い気持ちになったりした。ホールにある暗い顔をした女性の肖像画には驚いてしまったが、本物の幽霊には会わなかった。

帰り道は、ラブホテルのチャラチャラした灯りが峠の夜景の中で浮かび上がっていた。市街地に入る手前のドライブインで、ふたりとも鍋焼《なべや》きうどんを食べた。

郊外の住宅街に入ってまもなく、うすく開けた窓から切り裂くような急ブレーキの音が飛び込んできた。続く瞬間、「ドンッ！」という重たい音が響いた。

「事故か？」

「事故だな」

野村はスピードを落としてクルマを進める。

奏介の目に、黒いセダンがそそくさと角を曲がったのが見えた気がした。

そして、野村は別のものを発見していた。信号のない交差点の中央に倒れた女の姿だ。急いでクルマを停めると、二人はクルマから飛び出した。女は頭から血を流していて、意識はあったのだが奏介たちを見ると気絶してしまった。若い女だった。ＯＬらしい服装をして、離れた場所にパンプスの片方とバッグが放り出されていた。

「ひき逃げか？」

「逃げて行くクルマ、見た気がする」

奏介がいうと、野村はうす暗がりの中で目を見張った。

「本当か？」

「それより、この人を病院に運ばなくちゃ」

「救急車を呼んだ方がよくないか？」

救急車と警察の両方を呼んで、女は病院に運ばれ、奏介たちは警察署に連れて行かれた。事故を発見する前に聞いた物音と、奏介が見た黒いセダンのことを繰り返し尋ねられた。

目撃者としての型通りの尋問かもしれないし、容疑者として疑われたのかもしれない。二人ともお人好《よ》しのタイプだったから、別に怒りもしなかった。そんなことより、女の容態が心配だった。

警察から出て、二人はすぐに病院に向かった。警察で聞いたわけではない。この辺りの救急病院といったら、市立病院のほかになかったから、見当をつけていったら彼女が居たというわけだった。

女は、頭に包帯を巻いて、救急外来のソファに座っていた。

場所が場所だから、奏介と野村は声を殺して歓声を上げ、女が無事だったことをよろこんだ。女は奏介たちを見て笑顔になり、立ち上がろうとしてよろめいた。男二人は、コントみたいに大慌てで駆け寄り、女をソファにもどした。

女は星野冬子と名乗った。

「頭を切って血が出ただけらしいんです。詳しい検査はこれからですが、打撲の方もそんなに重傷じゃないそうです」

「良かった。なあ、良かった」

「うん、良かった」

気の合う男二人は、全身から力が抜けてソファの上でぐったりした。ほかに言葉が見つからなくて「良かった、良かった」を繰り返した。

「今日は念のため、入院になるそうです」

「何か要るものはありますか？　ご家族には連絡しましたか？」奏介が問う。

「家族は遠方に居《お》りますもので、連絡はしたんですけど今夜は来られないんです。要るものは、ええと……」

冬子がいいづらそうなので、奏介は先回りしていう。

「下着とかですよね。姉に連絡をとって、持って来させます」

冬子は困ったように笑って、頭を下げた。必要なもの、ドンピシャだったようだ。

退院した冬子は、翌週末、奏介と野村の二人を食事に誘った。それを皮切りに、三人はよく会うようになった。

春になって、野村が冬子に告白した。

でも、冬子は奏介に思いを寄せていた。

静かな駆け引きと競争の末、冬子と奏介は結婚した。

やがて男の子が生まれ、春馬と名付けた。

そのころには、奏介冬子夫婦と野村との間の行き来がなくなっていた。

しかし、奏介の書架には、野村と出会うきっかけになり、巡り巡って冬子と会うきっかけになった『月下の祭典』が立てられていた。野村に会ったおかげで、奏介もずいぶんと読書家になっていた。今となっては、その経緯も忘れていた。

奏介冬子夫婦の息子、春馬は長じて本好きの青年となった。父親の書架にあった本は、子ども時代にこっそりと持ち出して読んでしまった。中でも、川崎大の『月下の祭典』にはとびぬけて感動した。

出版社にファンレターを送ったら、驚いたことに返事が来た。川崎大はデビュー作である『月下の祭典』から先は出版の機会にめぐまれず、ついに職業作家にならずに終わったという。

春馬は川崎大本人に会って、色紙にサインをもらった。会ったのは、公園のベンチだった。川崎がそこを指定してきたのだ。川崎大は、父親と同年配の、疲れた風貌《ふうぼう》のおやじだった。背広とかネクタイは着けていなかった。はがれかけたうろこみたいに、毛玉が大量についた、よれよれのセーターを着て、作業ズボンをはいていた。頭のてっぺんが禿《は》げて、顔は土気色、目の下には濃い隈《くま》があった。

この男は貧乏なのだ。こんな公園のベンチなんかで会おうといったのも、お茶一杯飲む金を惜しんでのことだ。そうと察しても、春馬は憧《あこが》れの作家に会えたという感激を隠せなかった。川崎大のくたびれた風貌も、若い春馬の目には、妥協しない生き方を選んだ男の、潔《いさぎよ》さと映った。

「あの、よかったらこれにもサインを……」

春馬は父親の書架から持ち出した『月下の祭典』を差し出した。いまさら新刊本は手に入らず、古書店でさえ見つけられなかったのだ。それでも、川崎大は大いに喜んでくれた。

そのことがきっかけで、二人はよくいっしょに酒を飲むようになった。

川崎大がおかしなことをいったのは、いつも行く屋台と大差ない狭くて古びた横丁の飲み屋で、かなりできあがったころだった。

「春馬くん、時空ホテルってのを知っているか？　タイムトラベルができるホテルなんだよ。過ぎた時間は、実はやり直せるってことだ。いまからずっと未来に、タイムマシーンなるものができたらしいんだけど、それからあらゆる時代に、時間旅行者のためのホテルが建てられたんだ」

「未来なのに、過去形なんすね」

「ははは。そうだな。おかしいな。――時間旅行の費用はちょっと高いんだけど、おれは金ができたら、そこでタイムトラベルってのをしてみようかと思うんだ。若いころの自分に会ってさ、小説家になろうなんて、無謀な夢は捨てろっていいたいんだよ。

おれは小説家になるために人生の全てをかけてきたのに、たった一作で先が続かなかった。確かに、デビュー作は話題を集めたけど、それも一瞬さ。だけど、いつかは……いつかはって望みを掛けて、定職に就くのを避けて書き続けた。でも、本にはしてもらえなかった。そして、とうとうこのザマだ。

これでも難関大学ってのを出てんだぜ。おれの人生の選択は、決定的にまちがいだった。若いころの自分に、それを伝えたいんだ」

そういって、川崎大は汚いゲップをした。

その瞬間、春馬の目についていたフィルターがはがれた。

この男は、ポリシーをもってアウトローらしく生きて来たのではない。ただの負け犬なのだ。みっともない、みじめな、人生の敗残者だ。こいつは川崎大の最大の敵だ。『月下の祭典』の冴《さ》えわたった筆の持ち主とは、別人なのだ。

春馬は目の前に居る男を、心底から嫌悪《けんお》した。傑作『月下の祭典』への、冒瀆《ぼうとく》の権化《ごんげ》として。

もう一軒行こうという誘いを断って、春馬は自宅にもどった。

二十四歳の春馬もまた、作家を目指して、定職には就かずにいた。

父の奏介はそれを叱《しか》り、母の冬子はあきらめ気味に心配していた。

春馬は父の書架から持ち出して久しい『月下の祭典』を取り出して、一字一句ちがわないようにパソコンで打ち直した。そして、新人文学賞に自分の名で応募した。

春馬は預金を下ろして、はなぞのホテルに泊まった。

久保田という同宿の客と顔見知りになり、ホテルの忘年会にも招かれた。

ここで、聴衆は、互いの顔を見合う。客室係の桜井チズも、客の久保田も。

翌日、春馬はタイムマシーンで三十年前へと旅行し、『月下の祭典』をまだ書いていない時代の川崎大に会う。自宅は——三十年後と同じ安アパートだった。

出会いがしらに、みぞおちを殴って気絶させ、ドアノブにロープを掛けて、自殺にみせかけ殺害した。

斯《か》くして、川崎大は『月下の祭典』を執筆しない。

父、奏介は引っ越し先のアパートで『月下の祭典』とそれに挟んだ野村の名刺を手にすることはない。

奏介は野村と会わず、一緒に肝試しに出かけることもなく、ひき逃げされた冬子を助けることもない。

したがって、奏介は冬子と出会い結婚することはなく、春馬は生まれない。

針生春馬は傑作『月下の祭典』で鮮烈なデビューを果たしたが、同時に針生春馬という人間も消えた。

＊

針生春馬さんの物語が終わると、食堂は拍手で湧《わ》き返った。

「それで、最初の針生さんが消えたって話につながるのか。なるほどなあ」

久保田さんはカリフラワーのサラダをもぐもぐやりながら、緊張感のない声でいう。

「おそろしい話でしたね」

チズは腕に立った鳥肌を披露した。

「見てください、鳥肌です」

「やあ、本当だ。鳥肌なんて、久しぶりに見たなあ。そんなに怖かったんだね」

久保田さんは面白がる。

「こほん……」

それまで静かにしていた春日局が、すっくと立ちあがった。

同時に、『天城越え』のイントロが大音量で響き渡る。

春日局は、堂々とした態度で金屏風の前に立つと、石川さゆりそっくりの立ち居振る舞いで、おなじみの歌を歌い始めた。変に上手《うま》かった。まるで本物みたいである。一同は拍手喝采《かっさい》し、春日局は演歌を三曲続けて歌った。カーテンはないけどカーテンコールまでして、アンコール曲も用意していた。有名なシャンソンの『愛の讃歌』である。場は、最高潮に盛り上がった。

「お方さーまー、イエーイ！」

チズは、立ち上がって万歳したまま拍手をした。吉井さんの息子がそれに倣《なら》った。春日局は、意外にも照れて、扇子で顔を隠しながら戻って来る。

「すばらしい！」

久保田さんと針生さんが、春日局に握手を求めた。

「おほほ、お恥ずかしい」

春日局は、次の出しものを催促して、支配人をひじで突く。

「では、失礼をばして」

マイクを渡された支配人は、丸っこいからだをそらして金屏風の前に進み出た。

「レディース、アンド、ジェントルメン！　次はお待ちかねの――！」

支配人は、ビンゴ大会の開始を宣言した。大会といっても、参加者は八人しか居ないのだけど。

支配人が金屏風の前に立ち、ボールの入ったビンゴマシーンをからから回した。

「十七です。最初の数は十七です！」

左の一番上に支配人のいった数字があり、チズは歓声を上げてカードを折り曲げた。

「いよいよ佳境に入ってまいりました！　さて、次は二十六！　二十六ですよ！」

「おお、リーチじゃ！」春日局が声を張り上げる。

「あたしもー。きゃほー！　やったやったー」チズがガッツポーズをした。

人数が少ないので盛り上がらないのでは……と最初は思ったけれど、そんなことはない。なかなかビンゴにたどり着くまで時間がかかったものの、盛会のうちに全員が賞品を獲得した。

チズはタオル地の赤いテディベアをもらった。ビンゴ大会の準備は支配人の担当で、賞品の買い物まで一人でした。テディベアは若い女性向け、つまりチズか夏野さん（欠席したが）にもらってほしかったようで、これはいわゆるビンゴ！　である。

ところが、あとの人には、なんとも微妙なプレゼントとなった。

支配人が携帯用裁縫セット。春日局は、柄のアクリル樹脂に貝殻をとじこめた栓抜き。吉井さんはＬＥＤ懐中電灯。吉井さんの息子は古典落語のＣＤ、久保田さんはワーズワースの詩集、針生さんは昆虫採集セット、五十嵐さんはお福さんの置物である。その場の雰囲気で皆は大喜びしてみせたし、支配人はほくほく顔で賞品を授与していた。でも、来年は、自分が買い物係に立候補しようと、チズは思った。

「昆虫採集セットか。子どものころ、お小遣いを貯《た》めて買ったっけ」

久保田さんは、針生さんの賞品を見ながらいう。

「久保田さんは、いつの時代からいらっしゃったんですか？」

「わたしは一年後からです。どうしても、見てみたいものがあって」

「へえ。それはもう、ご覧になったんですか？」

チズが無邪気に訊《き》くと、久保田さんは顔色を曇らせた。

「わたしは——家族から逃げたんですよ。親父《おやじ》が暴君でしてね」

久保田さんは、お気に入りのカリフラワーのサラダをおかわりする。チズはからっぽになったグラスに、ワインを注いでやった。

「うちはねえ——」

久保田さんが語り出したのは、針生さんの物語に触発でもされたためだろうか。

それは、盛会のパーティの中では、ちょっぴり重たい話だった。

久保田さんは三人きょうだいで、母親を早くに亡《な》くしたそうだ。以来、家事は家政婦がしていた。家政婦を雇えるくらいに、久保田家は裕福だった。

父は会社の重役である。

会社でも家でも、嫌われ者だった。

突然にささいなことで怒り出して、手が付けられなくなる。勝手な哲学の中で生きている。ターゲットを見つけると、どこまでも、いつまでもネチネチと苛《いじ》める。

そして、最後には決まってキレて暴言を吐く。

家にあっては「出て行け!」、会社にあっては「辞表を書け!」が口癖だ。いかにも、口癖、なのである。つまり、しょっちゅういっているのだ。周りの人間は、たまったものではない。しかも、血相を変えての恫喝《どうかつ》だ。まさに暴君だった。

母が早くに亡くなったのは、そんな父に耐え切れなくて、病気になったせいだろう。

弟が自殺したのは、父と同じ会社には就職せずに教員になりたいといって、親不孝者、最低のうぬぼれ屋、人間のクズなどなどなど……と、罵倒《ばとう》されたからだろう。

長男の久保田さんは、子どものころから、そんな父が大嫌いだった。だからこそ、長じた後は要領よく立ち回ったらしい。

「母も弟も、父にだって良いところがあるというのが口癖だった。だから、命まで落とすることになってしまったんだ。ぼくは早くからあの人の正体を知っていた。父から逃げるというぼくの計画にブレはなかった」

久保田さんはすすんで父の居る会社の関連会社に就職し、大阪支社勤務を希望してかなえられ、そこで結婚して子どもが生まれた。大阪支社は大きかったので、そこに骨をうずめるコースを選び、穏やかに暮らした。

「週に一度は、親父に電話を入れてご機嫌取りを欠かさなかった。『そろそろ親離れしろ』と小言をいわれるのも計算のうちなんですよ。親父はともかく、家族を自分のそばから離したがらない人だから」

「それは、ちょっと……」

過保護と過干渉という点では、チズの両親もなかなかのものだ。だからチズは同情して、久保田さんの顔を見た。もちろん、チズの家は、久保田家ほど強烈ではないけれど。

「お盆と正月には、いやがる妻と子どもを連れて帰省するのが、恒例でね。あいつらよりも、本当はわたしが一番、帰りたくなかったんだよ。だけど、わざとらしいくらい大量の手土産を持ってさ、息子には画用紙に親父の似顔絵なんか描かせてさ。『だいすきな、じいじ』とか、覚えたての平仮名で書かせてさ」

帰省自体は何もおかしなことではないのに、久保田さんのマイナスの気持ちのこもったいい方を聞いていると、だんだんとむず痒《がゆ》くなってきた。

奥さんもまたサラリーマンの妻として、表の顔と裏の顔を使い分けるすべを心得た人で、舅《しゅうと》の前では夫に調子を合わせていた。子どももまた、親の思うとおりに振舞った。

実家では、まだ結婚していない妹が、父と二人で暮らしていた。

妹は当然のことながら、不幸だった。実家から——父親から逃げ遅れたのだ。

いつまでも嫁に行かないと父親に責められる一方で、家を訪れる妹の恋人は片っ端から難癖をつけられ、罵倒され、追い出された。父は、妹が結婚して家を出て行くなど、大反対だったのだ。だから、結婚できないことを嘲《あざけ》り、結婚しようとすると全力で邪魔をした。

妹は自然な流れで、婚期を逃した。

父も年を取り定年退職をむかえ、その後は嘱託で週の半分ほど勤めに出るだけとなった。

人生の先が見えた不安と、会社という居場所を失った父の暴君ぶりは、ますますひどくなった。二言目には、妹に「出て行け！」、家政婦に「辞表を書け！」と叫ぶ。

「叫ぶんですか？」

呆《あき》れてチズが訊き返した。

「叫ぶんだよ。たまらないだろう」

久保田さんは、いやそうな顔で笑う。想像するだに、いたたまれなかった。

「長年勤めてくれた家政婦さんも、とうとう耐えられなくて辞めてしまってね。それからは、妹と父の二人暮らしになったんですよ。——地獄だよなあ」

久保田さんは実感を込めていった。

でも、久保田さん親子は、大阪で変わらない暮らしを続けた。

「ちがうんだ。わたしたちは、本性を現したんだ。つまり、実家から遠ざかったんです」

「地獄とわかっていて、帰りたくないですもんね」

「電話口で妹をこきおろす親父の口ぶりが、暴力的なまでになってきて、もう聞くのもいやになってしまったんですよ」

もう何十年もこの父親に我慢してきたのだ。いいかげん、解放されたい。

だから、実家を訪れるのをやめた。

毎週の電話もやめた。

父親からかかって来た電話には、居留守を使った。

わがままな父は、自分から大阪に出向くという労を執るような人間ではなかった。

「それで、父と妹が亡《な》くなったんです」

「え……」

話の展開からいって、自殺、無理心中、殺人……という怖い言葉が、チズの頭の中で飛び交った。でも、実際にはそんな恐ろしい事件が起こったわけではなかった。それでも十分に恐ろしい交通死亡事故だったのである。

郊外の別荘から市街地にもどる途中のことだった。

運転していたのは、妹である。

クルマはカーブを曲がりきれず、ガードレールを越え、崖《がけ》から転落した。

大破したクルマの中で、二人は即死だった。

チズが持ち上げたスプーンから、牛肉の塊がちゃぷんと落ちた。

慌《あわ》ててナプキンを使いながら、チズは泣きそうな顔で久保田さんを見た。

「ブレーキをかけた跡がなかったんだそうです。朝の早い時間だったので、道路が凍結していたせいかもしれません。でも、警察は自殺を疑いました」

「…………」

何かフォローする言葉を懸命に探したけれど、一言も出てこなかった。自分から尋ねたことだったのに、話が重過ぎた。この重過ぎる話を、久保田さんはきっとだれかに聞いてほしかったのだ。

（あたしったら、そこにドンピシャで水を向けちゃったんだよ……）

「もしも自殺なのだとしたら、わたしがあの二人を見放したからだと思えてならないのです。それを詫《わ》びたくて、生きていたときの父と妹に会いたくて、一年後からやって来久保田さんは箸《はし》を置いて、テーブルの上で両手を組んだ。

「まだ、二人に会ってないんですか？」

久保田さんは、読み古した新聞を背広のポケットから取り出して広げた。

社会面に小さく、事故の記事が載っていた。


十二月十二日、東京都三鷹《みたか》市在住の、久保田忠義さん（76）と長女の美弥子さん（37）の乗った乗用車が栃木県那須《なす》町の――。


日付を見て、チズは心臓が跳ねた。

「く――久保田さん――忘年会でお酒なんか飲んでいる場合じゃないですよ。事故は、あさってじゃないですか」

「はい」

久保田さんは、バゲットをシチューにひたして、無表情で咀嚼《そしやく》した。

「はい、じゃなくて」

「もしも、本当に自殺なんだとしたら――。それを止めたら、妹があまりにも哀れです」

たのですが――」

「でも……」

チズが口ごもっていると、金屏風の前で支配人が閉会の宣言をした。

「来《きた》る年も、皆さまのますますのご活躍をお祈りして、乾杯いたしましょう」

グラスが、あちらでも、こちらでも、カツンカツンとぶつかった。

ご馳走《ちそう》はきれいに平らげられている。

参加者は笑顔で引き上げていった。

（なんか――もやもやする）

立ち去る久保田さんの背中を見ながら、チズは眉《まゆ》を寄せた。

久保田さんの話はとても気の毒で共感できたけど、何かひっかかった。それが何なのか、すぐにピンとくるものがなくて、もやもやは胸やけとなってチズは両手で胃のあたりを押さえる。

「どうしたの？　食べすぎ？」

吉井さんに、顔をのぞきこまれた。

「うーん、それもあるけど……」

「胃薬飲んでおきなさい。スタッフルームにあるから」

支配人と吉井さんとチズは、後片付けを始めた。吉井さんの息子は、皿洗いの手伝いだ。

折紙の鎖をはずしていると、以前に見かけた少年が、ドアのかげからこちらを見ていた。麦わら帽子をかぶって、ハロウィーンのＴシャツに大人の背広を裏返しに着た、正体不明の彼だ。

チズは、この少年が時の仙人の庵《いおり》に居るものと、勝手に察しをつけていた。仙人の住む二〇一号室――広大無辺な仙境に彼が居るのを見かけたことはないが、他のお客さんが連れて来たわけでもない。はなぞのホテルに、いつも居るのは時の仙人とこの子だけだ。すなわち、二人は関係者ということになるではないか。

「時の仙人さまは、忘年会には出なかったんだよ」

チズが話しかけると、人見知りらしい少年は、珍しく逃げもせずに答えを返した。

「仙人に、皇帝が来るって伝えて」

「皇帝って、皇帝ペンギンの皇帝？」

少年は険悪な目付きでチズをにらみあげた。

「おねえさんって、面白いね」

少しも面白そうではない。むしろ、怒っている。ぷいっとこちらに背中を向けると、駆けだした。

「ちょっと、きみ！　皇帝って何？」

尋ねるチズを残して、少年は階段を駆け上がる。

時の仙人の部屋に行くなら、自分で伝えたらいいのに、とチズは思った。

十二月十一日（火）

朝から、初雪が降っている。

チズはダッフルコートを着込み、手編みのマフラーとミトン、耳当てをしてアパートを出た。雪は除雪が必要なほどの量ではなく、ふわふわと舞う小片が地面に落ちると消えていた。それでも髪について溶けるので、耳当てではなく帽子にすればよかったと思った。

はなぞのホテルの回転ドアを抜けてロビーに入ると、昨夜は食堂に飾られていたクリスマスツリーが、フロントの脇《わき》に移動していた。雪とクリスマスツリー。いよいよ年末気分がこみあげて、楽しくなる。

朝のまかないは玉子と野菜のサンドイッチで、忘年会の浮かれた気分が残ったチズと支配人は、陽気にぺちゃくちゃ話しながら食べた。今朝は時の仙人も居て、超然と顔をもたげて時折、むずかしい詩を吟じていた。

「鞭聲《べんせい》粛々夜河を過る《わた》」

「中国語なんで、意味がわかんないですね」

「これは、江戸時代後期の儒学者、頼山陽の作った詩である。上杉謙信と武田《たけだ》信玄の、川中島の決戦を歌ったものじゃ」

「へえ」

知らない言葉のオンパレードで、チズには何とも答えようがない。

支配人は、サンドイッチを美味《おい》しそうにほおばりながら、物知り顔でうなずいた。

「歳末は時代劇が恋しくなりますなあ。やはり忠臣蔵のシーズンだからでしょうかな」

「敵はひそやかに近づいて来ておる。この霧に紛れてな。ゆめゆめ、油断あるまいぞ」

「霧、出てませんよ」

「まったく、もう。今の若い者ときたら」

時の仙人は、行儀悪くサンドイッチを口にくわえ、もう一切れを手に持ってスタッフルームを出て行った。

＊

「桜井さん。今日はお方さまがお出掛けですから、しっかりと客室係をお願いしますよ」

「あ、はい」

「さてと、わたしもお掃除、お掃除、と」

支配人が旅行室に向かうと、チズも大きな掃除機を持って一階、三階、二階の順に掃除をした。今日は針生さんがチェックアウトする予定になっている。それが時間になっても姿を見せないので、ちょっとした騒ぎになった。

ドアに「起こさないでください」の札はなく、鍵《かぎ》が掛けられ、部屋は人の気配がない。

不穏なことをいい出したのは、支配人である。

「もしや、昨夜の話は実話だったんじゃないのかな？　針生さんは、部屋で消えてしまったのかもしれませんよ」

「そんなあ」

掃除機のノズルを両手で持ち、不安にかられて言葉をにごした。

「どうしました？」

となりの部屋から久保田さんも出て来て、チズたちと並んだ。廊下の話し声が聞こえて、心配になったという。すなわち、支配人とチズのひそひそ話は、当然、針生さんにも聞こえているはずだから、部屋に居るなら顔を出すのが自然ではないか？

「針生さんの話したとおり、時間操作による殺人が行われたんじゃないでしょうか？　これは、ＩＴＯに連絡するべきなんじゃないでしょうか」

久保田さんの顔も真剣である。

「実は、思い出したんです。針生さんのデビュー作って『月下の祭典』っていうんですよ。昨夜の話のまんまなんです。これは、大変なことになってしまったのかもしれませんよ。いや、大変なことが起きてしまったんだ」

「ええ……」

支配人や久保田さんの心配は、チズにもまるで冷たい水を頭から掛けられたみたいな効果をもたらした。昨夜のバッドエンドの物語は、創作ではなく針生さんの告白だとしたら——。

針生さんは、はなぞのホテルのタイムマシーンを使って罪を犯した。

針生さんは、その因果律によって消滅した。

だけど、針生さんはどうして、そのことをチズたちに語ったのか。

あれは、風変わりな遺書だったのか？

「キンコジは——？　そうですよ、時間旅行者が法律違反したら、キンコジが作動して頭が超々痛くなるじゃないですか」

だから、針生さんの物語の中では、宿泊客である彼自身の悲鳴が聞こえた。

それすらも示唆《しさ》して、針生さんは犯罪をおこなった。

だけど、何のために？　針生さんは自分が消えてしまうことを知っていたのに。

「ちょっと待ってくださいよ……。針生さんは売れっ子作家ですよ。川崎大って人から『月下の祭典』を盗んで消えるとしたら、売れる前……デビュー直後のことになりませんか？」と、チズ。

「しかし――現に居なくなったんですよ！　犯罪は行われてしまったんです！」

久保田さんは、犯罪が起きたと決めて、支配人の腕を、チズの背中を、急《せ》かすように叩《たた》いた。

「どうしたんですか、皆さん」

階段をのぼってきた男が、一同の後ろから声を掛けた。

「針生さんが――針生さんが大変なんです――」

声をつまらせて振り返ったチズは、後ろにやって来た人物を見上げて唖然《あぜん》とした。

支配人は顔を白くして、久保田さんは顔を真っ赤にして、目と口を大きく開けている。

そこに居たのは、コンビニの袋を提げた針生さんだった。

「わあ、わあ」

三人はそろって泣くような声を出す。その狼狽《ろうばい》の理由がわからず、針生さんは笑顔を引きつらせた。

「皆さん、どうかなさいましたか？」

「どうもこうも、ありますか」

支配人が、安堵《あんど》のあまりなぜか怒った声を出した。

針生さんが「ハッ」とした顔になって、もじもじする。

「あ……そうか。チェックアウトの時間を過ぎちゃいましたね。すみません、すぐに用意しますから。いえね、コーヒーを沸かして飲もうかなと、ミネラルウォーターを買いに行ってまして」

慌ててドアを開けようとする手を、久保田さんがつかんだ。

「針生さん、殺人は犯してませんね？　川崎大を殺してませんね？」

「え？　カワサキダイ？」

針生さんはきょとんとして、それから笑いだした。まるでいたずらが成功して喜ぶ子どもみたいな笑顔だ。

「皆さん、ひょっとして昨夜の話を信じたんですね？　ぼくが殺人を犯して両親の結びの神を殺し、ぼく自身が消えちゃったと思ったんですね？」

「そうですよ」

支配人は、それが杞憂《きゆう》に終わったことを喜ぶのと、騒ぎ立てたのを恥ずかしがるのとで、口ひげをぴくぴくさせている。怒るべきか笑うべきか迷っているのだ。しかし、怒る筋合いではない。どちらかというと、無辜《むこ》のお客さんにあらぬ疑いをかけたことを謝るべきである。

「だけど、久保田さんが、あなたのデビュー作が『月下の祭典』だったなんていうし」

「え、ぼくが悪者ですか？」久保田さんが憤慨する。

「時間操作による殺人が起きたって、久保田さんがいったじゃないですか」

「ていうか、針生さんが消えたっていいだしたのは、支配人さんですよね」

「まあまあ、二人とも、けんかはよくないです。支配人、お客さんを相手にけんかはやめましょう」

チズは支配人たちの間に入って、岩でもこじあけるみたいに、二人の胸を両手で押した。

(あー、誤解でよかった。でも……)

昨夜聞いた話を思い出して、いやな動悸《どうき》がしてきた。あのとき感じたもやもやの正体は、やっぱり胸やけなんかじゃなくて、久保田さんの性格に対する危惧《きぐ》だったのだ。

(久保田さんって、すっごく思い込みが激しい人なんだ)

父親と妹のことも一方的に誤解して、悪人だとか不幸な人だとか、決めつけてるだけ？　たとえ本当に、いやなジジイでも、不幸な家庭の犠牲者でも、死ぬとわかって放っておくべきではない。

(だけどなあ)

こんなに思い込みが激しい人を、ホテルの客室係なんかがどう説得したものやら。

難しい顔をするチズのとなりで、あわや殺人犯にされかかった針生さんはにこにこしている。

「ぼくの作った話を、そこまで真剣に聞いていただけたなんて感激です」

「じゃあ、針生さん、ごゆっくりコーヒーを召し上がってください。はいはい、解散、解散——」

おじさんたちを追い払っていたら、衣擦《きぬず》れの音がした。

「おチズ。こちらへ」

春日局に後ろから声を掛けられる。階段の踊り場まで引っ張っていかれた。

「おチズ、久保田とやらのことじゃが——これを、とらすゆえ——」

そういって手の中に、小さな固いものを押し込んできた。チョコボールそっくりな、茶色の丸薬。時の仙人から二十五両で買った操心丹だ。

「久保田とやらを連れて東京に行け。わらわも一緒したいところじゃが、ちと、オフ会があってな」

「オフ会？」

「ネトゲの『大奥サバイバル』の愛好者の集まりじゃ」

「そういうの、あるんですか？」

ていうか、この人はそういうのをやっているのか。

「あまり知られておらんが、江戸時代でもオンラインゲームはできる。スマホが使えるのじゃ」

「マジー？」

仰天するチズを、春日局はシリアスな目で凝視した。

「昨夜の久保田の話、わらわも聞いておった。あやつ、ちと、独り決めが過ぎる男のようじゃ。そのせいで、自ら不幸をつくりだしておる」

「あ、お方さまも、そう思いました？　あたしも、久保田さんのお父さんの話が、なんだか一方的だなあと……家族って、衝突するときもあるけど、ほのぼのするときだってあるはずなんですよね」

「さよう。父が罪人として処刑されたわらわが、長じて天下人に仕えておる。ものごとは、決して一元的ではないぞえ」

――片方のいい分だけを聞くな。どのような場合にも、争う双方の言葉を聞け。それが無理なら、双方を理解するように努めよ。それで初めて、その眼にものが見えるであろう。

そういったのは、ほかならぬ春日局である。『藍色《あいいろ》の愛』を観《み》ながら酔っぱらっていたときのことで、チズはまともに聞いていなかったのだが、改めて思い起こせば深い言葉だ。

「必要ならば、久保田に操心丹を使うがよい」

「え……でも……。これって、家康さんを説得するための、お方さまの切り札じゃないですか」

「久保田を今助けなくては、あの男自身が人生に押しつぶされてしまうであろう」

「…………」

チズは子どものような目で、春日局をじっと見た。

「どうした？」

「いや、ちょっと、感動しちゃって。お方さまって、太っ腹だなあ」

「ウエストが太いように聞こえる」

「すみません」

「では、しっかりとやれ」

「はい」

春日局は、鼻歌を歌いながらスイートルームにもどって行く。

「チズちゃん、お方さまと何の話？」

「秘密です」

吉井さんに訊かれて、チズは笑顔でごまかした。

ほどなく、春日局は、ワイン色のベルベットのドレスに毛皮のコートを羽織って、階段を降りて来た。

「では、行って参る。おチズよ、ガッツじゃぞえ」

出がけにチズを見て、グーを持ち上げ小さなガッツポーズを見せた。

「は……はい……！」

チズはちょっと緊張しながら、同じガッツポーズを返した。

(人の命がかかっているのに、オフ会なんか優先させなくても……)

チズが心細そうに春日局のうしろすがたを見送っていると、支配人が機嫌よく声を掛けてきた。

「やはり、客室の掃除は桜井さんにかないませんね。すっかり名人になりました」

「えへへ。ありがとうございます」

ほめられて、チズはぴょこんとおじぎをした。そして、真面目《まじめ》な顔になる。

「支配人、わたし、お昼から半日のお休みをいただけないでしょうか？」

——人命がそこなわれて、それが正しい歴史を作るという立場をとってはおらぬ。

ＩＴＯの方針について、時の仙人がそういっていた。その言葉を繰り返し胸の中で唱えて、チズは自分を奮い立たせた。

＊

ここからが、正念場である。

昼過ぎ、チズは久保田さんと二人で、東京行きの新幹線に乗っていた。

テーブルの上には、名物の牛タン弁当が載っている。牛タンが、やわらかくて美味しかった。やはり旅は駅弁を食べないと、はじまらない。

「食べないんですか？　美味しいですよ」

久保田さんの前には、まだレジ袋に入った駅弁と、キャップが付いたままの緑茶のペットボトルが置いてある。久保田さんは心ここにあらずといった表情で弁当を見つめ、うつろに手をもたげてから、またひざの上に置いた。

「本気でわたしの実家に行くつもりですか？　妹は今ごろ、明日することを心に決めて、悲壮な心地でいるはずなんです。家の問題から逃げ続けてきたわたしには、できることなんかないでしょう。何をいってみたところで、安っぽいおためごかしにしかなりませんよ」

未来の新聞記事によれば、明日は久保田さんの父親と妹が交通事故で死ぬ。

チズは勢い込んで弁当をほおばった。腹が減っては戦はできぬ、である。

「久保田さんのほかにだれが居るんです？　おためごかしでも、アッと驚く為五郎《ためごろう》でも、久保田さんがとめるんです」

「アッと驚く為五郎って……、意外に古いことを知ってるんですね」

「おじいちゃんの口癖です」

チズはお茶をぐびりと飲む。

「あたしも家族からは逃げてばかりいます。両親はあたしを早く結婚させたくて、なおかつ実家のそばに置きたくて、あの手この手を繰り出してきます。だから、あたしはのらりくらりと逃げ続けているんです。でも、あたしは逃げていいけど、久保田さんはだめです」

「どうして？　ずるいよ」

「人の命が掛かっているからです」

シビアなことをいいながら、チズは駅弁を食べ続ける。

人の命という言葉が、久保田さんのまだ乾いていない傷に触れた。悪魔を糾弾するみたいに、憎しみを込めていう。

「あの男は――親父は、弟を殺したも同じだ」

「遺書に、そう書いてあったんですか？」

だとしたら、父親だって反省せずにはいられなかったはずだ。

「遺書はなかった」

「だったら、弟さんの自殺の原因を、決めつけていいんですか？　はっきりと調べたわけじゃないんでしょう？」

「他人のきみに、わかったようなことをいってもらいたくない」

久保田さんは、かたくなな表情でいった。

久保田さんの心は、カチンコチンに固まっている。ここで、売り言葉に買い言葉はマズイ。チズは話の矛先を変えた。

「妹さんまで死なせていいんですか？」

チズは、まっすぐに久保田さんの目を見た。人と目を合わせるのは、あまり得意ではない。人を説得するのも苦手だ。だけど、この人は本当は、あたしに助けを求めてるんだ。チズはそう思っている。だから、頑張った。

「久保田さんは、二人とも死んだらいいと思ってません？　鬼みたいなお父さんといっしょに、鬼の犠牲になってきた妹さんまで、もう要らないって思ってません？　お父さんは本当に、鬼みたいなんですか？　妹さんは、本当に不幸なんですか？　そりゃ、他人ですもん。あたしは、久保田さんの言葉だけじゃ、信じませんから」

――片方のいい分だけを聞くな。どのような場合にも、争う双方の言葉を聞け。それが無理なら、双方を理解するように努めよ。それで初めて、その眼にものが見えるであろう。

春日局の言葉を反芻《はんすう》した。

「あたし、久保田さんのお父さんがそんなにひどい人だとは、思えないんです」

「きみ――」

久保田さんが、とてつもなく物騒な顔をした。

そして、口を閉じた。口を開いたら、火を噴くんじゃないかと思った。

両目が憎しみと怒りで燃えている。チズは渾身《こんしん》の力を込めて、視線を外すまいとした。

にらみ合いに、チズは勝った。

久保田さんは目を逸《そ》らし、自分のてのひらを見つめ、それから駅弁の蓋《ふた》をとった。割りばしを袋から出して割って、チズに負けない食欲で食べ出した。飲み込む前に、どんどん口に詰め込む。のどが詰まったようで、慌ててお茶を飲み、改めて食べる、食べる食べる……飲み込む。

「…………」

からっぽになった駅弁の容器に向かって、久保田さんは「ごちそうさま」の合掌をした。

久保田さんの息が、くぐもって、しきりとはなをすする。泣いているんだと気付いて、チズは緊張した。大人の男の人が泣くところなんて、初めて遭遇した。だけど、ここは優しくしている場合じゃない。

「死ね、とかって——最近の人は軽くいいますよね。久保田さんがお父さんや妹さんに向ける気持ちって、それに近いのかも」

「ちがうよ。そんなことない」

ちがわない。そういい切れる。チズは、懸命に言葉をさがした。

「久保田さんは自分が逃げたと思い込んでいて、必要以上に罪悪感を感じているんじゃないですか？　お父さんのことも、弟さんのことも妹さんのことも、キャラクターを決めつけ過ぎることで、逆に安心しようとしているんですよ」

「きみ――！」

「まだ間に合います。久保田さんの家族が不幸じゃないという証拠を――」

チズは意味もなくお弁当の容器をレジ袋に入れ直し、お茶を何回かに分けて飲み干す。

「見つけに行くんです」

「最初から、そんなものはないんだよ」

「ああ、ＵＦＯ！」

チズは突然、車窓を指さして目を丸くした。

久保田さんが、つられて空を見る。

（いや～、こんな古典的な手にひっかかるとは……）

一瞬の隙《すき》を、チズは逃さなかった。久保田さんの飲みかけのお茶に、茶色の丸薬を落とす。春日局にもらった、操心丹だ。それは、都合の良いことに、瞬時に溶けた。

「ＵＦＯ、どこ？」

久保田さんは、お茶をグイッと飲む。

チズは胸をドキドキさせながら、しらばっくれた。

「確かに見えたんですけどね。不思議ですね」

「ともかく、きみは少しもわかってないんだ。笑顔のない家庭で暮らしたことのないきみには――」

「そうでしょうか」

「ともかく、きみは――」

久保田さんは繰り返し、お茶を飲み干した。

＊

東京駅で中央線に乗り換えて、久保田さんの実家に着いたときは西日が赤い光を放っていた。

久保田さんの実家は、古くて大きかった。広い庭は、ツゲの生垣で囲まれていた。その隙間から、久保田さんはコソ泥みたいに身を滑り込ませた。

「なんで、こんなこと……。玄関から入ったらいいでしょう」

後に続くチズがこそこそ声で抗議すると、久保田さんに「しーっ！」と注意された。

「見つからないように――」

「なぜですか？」

「きみに客観的な事実を見てもらいたいからだよ」

赤白まだらの山茶花《さざんか》が咲いていて、葉がすっかり落ちた柿《かき》の木に、色づいた実が残っている。久保田さんは、こちらを振り返って、こそこそ声でいった。

「渋柿なんです。母が生きていたころは、実を採って焼酎《しょうちゅう》に漬けて渋を抜いていたものですが――」

いい大人が二人、いたずらっ子のように植え込みに隠れて、池の向こうを覗《のぞ》いた。

縁側に、問題の父親が座っていた。

（きゃー、居たよ、居たよ）

先入観のせいか、性格のねじくれた業突張《ごうつくば》りジジィに見えた。白髪の髪が豊かで、きれいに撫《な》でつけ、ワイシャツにループタイをして、温かそうなセーターを着ている。

お盆に花林糖とお茶を乗せた女性が現れた。

久保田さんの妹だ。

「あ、久保田さん、見て」

ジジィが何かをいって笑った。凶眼が笑うと、人の好《よ》い顔になった。それでも、子どもみたいに開けっ広げな笑顔ではない。分別のある思いやりを込めた笑いだ。

それを見て、チズは嬉《うれ》しくなった。久保田さんが驚いて、目をまたたかせている。

「笑ってます――ほら、笑ってるじゃないですか」

胸が高鳴った。自分たちは今、とてつもなく大切なことを目撃しているのだ。

妹が、父親の言葉に答えて、微笑《ほほえ》んでいる。リラックスした表情で「お兄ちゃんが――」といったのが、口の形でわかった。

ジジイが――いや、おじいさんが答えてまた笑う。

幸せな団らんの風景だ。

(見つけたよ)

久保田さんの家族が不幸でない証拠は、すぐそこにあった。

ずっとこの家にあったのに、逃げるばかりの久保田さんには、見えなかっただけなのだ。

いや、久保田さんは家族の中の笑顔の存在を知っていた。だから、ピンポイントでこの場所に隠れられたのだ。知っていて、久保田さんはずっと見ないフリをしてきた。だけど、今という今は、久保田さんの目にもはっきりと見えているはずだ。生きて、考えて、笑うあるいは泣く。それがどんなに尊いかということを。

チズは久保田さんの名を呼んだ。

「久保田さん」

「はい」

久保田さんは答えて、こそこそと生垣の隙間へと後ずさりする。

そして、玄関に向かった。明日の事故を止めに行ったのだ。

後を追って道路に出たチズは、久保田さんの背中に向かっていう。

「あたしは、先に帰ります」

「ありがとう。本当に、ありがとう」

久保田さんは笑って、チズに頭を下げた。その笑顔は、ジジイに——いや、おじいさんに案外と似ていた。

久保田さんが気持ちを変えたのは、チズに盛られた操心丹が効いたのか、二人の笑顔を見たからか。その答えはわからない。わからないままでもいいと、チズは思った。

＊

うす紅色の小袖《こそで》に、鶴《つる》の刺繡《ししゅう》の打掛、黒髪を片はずしに結って、階段を降りて来たのは春日局である。

「皆の者、世話になった。達者でおれよ」

エラそうな挨拶《あいさつ》を受け、支配人が深々と頭を下げる。

春日局は悠然とうなずき、吉井さんに顔を向ける。

「そなたのフレンチトーストを食べ忘れた。次回は必ずいただくぞえ」

「はは、もったいないお言葉」

吉井さんまで、時代劇言葉になっている。

春日局は、最後にチズを見た。

「上首尾だったようじゃな」

「おかげさまです。でも、操心丹がなくて、お方さまは本当に大丈夫ですか？」

チズは背の高い春日局を上目遣いに見た。

「よい」

「でも、あの薬、家康さんを説得する切り札だったわけでしょ？」

「なんの。そなたの申したとおりじゃ」

春日局は胸を張った。

「わらわは歴史上の人物。この手で歴史を作らなくて、どうする」

「おおお、さすがです。ファイト！　ファイト！」

春日局はしずしずと旅行室に入り、江戸時代へと帰って行った。

次の瞬間、小さな竜巻がチズをつつむ。おどろいているうちに、時の仙人の庵に運ばれていた。相変わらず、人をびっくりさせるおじいさんだ。

「あのやかましいお方は帰ったかね」

時の仙人はカレーパンを食べながら、訊《き》いてくる。

「はい、もう、とっととお帰りになりました」

テーブルに置かれたカゴから、チズはクリームパンを一つもらった。

「うわあ！」

唐突な大声をあげる。

「いかがしたかな？」

「あたし、お方さまに三四七五円を貸したままです！」

「それは、大損害」

「経費で落ちないでしょうか？」

「税理士に訊かねばのう」

ふたたび小さな竜巻に包まれたかと思ったら、チズはクリームパンを持って廊下に立っていた。

むかし、むかし

「おれが死んだら、重八《じゅうはち》は寺にお行き。寺に行きゃあ、食うのには困んねえから」

中国の、古い時代のことだ。

兄《あん》ちゃんの顔は、白くて、やせすぎて肉がくぼんで、ところどころ灰色がかって見えた。重八はまだ子どもなので、それが死相だとはっきりわかったわけではないが、もっと前に死んだ父や母と同じであることは気付いていた。

兄ちゃんは死ぬのだ。

そう思ったら、息がのどにつかえた。

悲しみが込み上げてきた。

重八は、兄ちゃんに自分は死んでしまうと気付かせてはいけないと思い、懸命に泣くのをこらえた。重八は顔が長くて、顎《あご》がとんがって、目が細くて吊《つ》り上がって、疱瘡《ほうそう》の痕《あと》のあばただらけで、ほとほと可愛《かわい》くない少年なのだ。それが涙をこらえて真っ赤になって震えるものだから、怪物みたいな面相になってしまった。

「そんなことというなよ。明日になったら、兄ちゃんの病気もきっと良くなっているよ」

「重八、兄ちゃんのは病気じゃねえんだ」

ただの風邪くらいで死にはしない。兄ちゃんが死にかけているのは、飢えのせいだ。兄ちゃんは飢え死にするのだ。もはや、にっちもさっちもいかない。食うものがないのだから。そう思ったら、もう抑えきれなくなって、重八はぼろぼろ泣いてしまった。泣いたら、兄ちゃんに申し訳ないと思うと、ますます目も顔も熱くなった。

涙が兄ちゃんの頬っぺたにこぼれた。兄ちゃんはそれを手で拭《ぬぐ》うと、口に持っていって舐《な》めた。

「おまえの涙は、あったけえなあ」

兄ちゃんは笑う。

ああ、神さま、もう少しだけおれを強くしてください。もう少しの間だけ、おれが泣かないでいられるようにしてください。――もう少し……。兄ちゃんが死ぬまで……兄ちゃんが死ぬなんて、そんな――そんな――。

「兄ちゃんが治ったら、いっしょに寺に行こうよ。もう畑仕事なんかしねえで、お寺でお粥《かゆ》を食わしてもらおうよ。美味《うま》い粟《あわ》の粥をさあ」

「そうだな。お粥が食いてえな。あったけえのな」

兄ちゃんの目が閉じた。

「あ……あ……」

兄ちゃんが死んでしまう。死なないでおくれ。

兄ちゃんのからだから力が抜けた。兄ちゃんは、その瞬間まで、重八のためにほほえんでくれた。温かいのは、兄ちゃんの心だ。優しくて、強くて、力があって、重八はこれまでどんなにか兄ちゃんを頼りにしてきたことか。

その兄ちゃんが――死んだ。

重八は、今度こそ大声を出して泣いた。

悲しみは洪水のようだった。

だけど、頭の隅っこでは、重八は案外に冷静なのであった。兄ちゃんを墓に埋めたら、寺に行こう。お粥を食わしてもらおう。坊さんの修行なんか、どうってことないさ。お粥が食えるんだから。

（兄ちゃんにも食わしてあげたかったな。父ちゃんにも、母ちゃんにも）

重八は一家の食堂であった土間を見渡した。

（皆でこの土間で飯を食ったっけな。笑ったこともあったっけな）

重八は、兄ちゃんのなきがらを背負って、野辺を歩いた。兄ちゃんは骨と皮ばっかりだから、軽かった。重八も負けないほどやせ細っていたが、まだ力はある。両親の墓のとなりに、兄ちゃんを埋めた。墓碑なんかない。棺桶《かんおけ》もない。

重八は童子らしい外見の可愛さがまったくない子どもであったが、最後の肉親を葬《ほうむ》る姿は健気《けなげ》にも哀れで、もしも見る者があったらきっと涙をこぼしたろう。いや、この村に住むのは、だれもかれも貧しい農民ばかりだ。身内を葬るなど、何も珍しいことではない。お経を読む者もなく、地面に掘った穴に死者を座らせ、直接土をかけることも、特別に惨《みじ》めなことではないのだ。

兄ちゃん、さよならだ。おさらばだ。もう会えないんだ。

土は重くて、冷たい。こんな中で、もう動くこともない兄ちゃんが、可哀想《かわいそう》でしかたなかった。

父ちゃんも、母ちゃんも、同じくらい可哀想だった。

だけど、おれは可哀想になんかなりたくない。おれはもう一人ぼっちだから、死んでも埋めてくれる人さえないんだ。死んだら、犬やカラスに食われるんだ。おれを食っても、少しも美味くないな。もう肉なんて、どこにも付いていないんだから。

せっせと土を掘り、なきがらを埋めていると、どんな悲しいことも、冷静に考えられるようになった。

土饅頭《どまんじゆう》を作って、雑草の花を供えた。読経《どきよう》の代わりにひとしきり慟哭《どうこく》した。さっきとちがって、悲しくて泣くというよりは、訣別《けつべつ》の儀式のつもりだった。

一人で家にもどった。

隙間だらけの、今にも壊れそうなくらい粗末で、せまいせまい家だ。だけど、ひとりになった重八には広すぎる。

（あーあ。一人ぼっちになっちゃった）

土間にしゃがみ込んで、からっぽの鍋《なべ》を覗き込んでいたら、戸口に人が立っているのに気付いた。まるで仙人みたいに白くて長い衣を着て、白髪を伸ばして、白い髭《ひげ》も髪の毛みたいに長い老人だった。

「重八や、おまえにこれをやろう」

てのひらに乗るほどの、赤い玉を差し出してくる。

火のような光を出す、美しい玉だった。

重八はこれまで、他人からものをもらったことがない。こんなけったいなじいさんを見たことがない。こんな美しい玉なんて、見たことがない。だから、当然のこと、強く警戒した。こやつは魔物か？　悪霊《あくりょう》か？

老人は、そんな重八の疑念を解く気はなさそうだった。

「やるったら、やるんだ。もらいなさい」

「何か悪いことが起こるんじゃねえだろうな」

「悪いことなら、もう充分に起こったろう。両親も兄も、飢えて病気で死んでしまった。おまえは一人ぼっちだ。これ以上、悪いことがあるかね？」

そういわれたら、どうしようもなく悲しくなった。さっきの慟哭で涙は流し終えたつもりでいたが、また泣けてきた。涙とはなみずが大量にこぼれる。とがった顎と吊り上がった細い目、だらだらとこぼれる涙。まことに汚らしい泣き顔だ。

「この玉はおまえの願いを一つだけかなえてくれる」

老人は現実的ではないことをいいだした。やっぱり魔物か悪霊なんだな。重八はそう思ったが、別に怖くなかった。老人のいうとおり、悪いことなら全《すべ》て起こってしまった。まだ災厄の残りがあるとしたら、この命を奪われることくらいだろう。そんなの、まったく大したことではない。――たとえば、そう。金持ち女のうすく軽い衣装よりも、重八の命はもっと軽い。そんなものを取られたところで、別に惜しくもない。

「こら、疑うでない。わしは真実をいっておるのじゃ」

「へーえ」

重八は、袖で顔を拭った。はなみずが頬っぺたに付いて広がった。別に気にしなかった。

「さあ、何を願うかね」

「そうだなあ」

悪魔や悪霊でなければ、自分を仙人だと信じている頭の変な老人かもしれない。ならば、話を合わせてやるのも、人助けというものか。

「おれ、皇帝になりてえかな」

大きなことをいってやった。老人の目が輝いたので、重八は良いことをいったと思った。兄ちゃんを埋葬したばかりだ。変なじいさんの話し相手をしてやれば、少しは功徳《くどく》を積めるというもの。あの世で、兄ちゃんの株があがるかもしれない。

「広いお城に住んで、美味いものを食って、だれにも苛《いじ》められないで、寺で修行もしなくてよくて、畑仕事もしないで——。そういう金持ちの皇帝になりてえな」

「そんじゃ、なりなさい。どれ、重八よ、おまえに名前をあげよう。皇帝になるのにふさわしい名をのう」

「朱重八でいいじゃんか」

「いんや、よくない。そんなのは、貧乏くさい」

老人は頑固にいい張る。

「おまえの新しい名は、朱元璋《しゅげんしょう》だ。寺に行ったら、そう名乗りなさい」

「え？　皇帝になれるんじゃねえのかよ」

重八は笑った。何ヵ月ぶりの笑顔だった。おっさんみたいな顔が、笑ったら愛嬌《あいきょう》が生じた。

「皇帝になるのは、まだ先のことじゃ。人間、苦労をせねば成長せぬ。成長せねば皇帝にはなれぬ」

「インチキじゃんかよ」

重八はまた笑う。彼は飢餓よりも、笑いに飢えていたのかもしれない。

「では、望みの玉、確かに渡したぞ。それから名前もやった。今からおまえは、未来の皇帝、朱元璋だ」

「ミライって何？」

その問いは無視され、仙人は重八の持つ赤い玉を指さして真顔になる。

「朱元璋よ。その神通力の玉は、決してだれにも見せるでないぞ」

「うん、別にいいけど」

仙人は重八の返事に満足し、長い衣をひるがえすと、霧のように消え失《う》せた――のではなく、普通に戸口を出てどこかに去って行った。

重八――改め朱元璋は、皇覚寺という寺に身を寄せ、托鉢僧《たくはつ》になる。

托鉢僧とは、えらそうに聞こえるが、実際にはおもらいみたいなものだった。それでも、かろうじて飢え死にはしないで済んだ。

当時の中国は、モンゴル人に支配されていた。元王朝の時代だ。しいたげられた漢人は、白蓮教《びゃくれん》という宗教集団に身を投じ、王朝への反抗を繰り返していた。その中には暴徒と変わりない者も多かった。

王朝と反乱軍の戦闘の中で、朱元璋が修行していた皇覚寺は焼かれてしまった。

彼は反乱軍に参加することにした。白蓮教徒たちによる、紅巾軍《こうきん》へ、である。

紅巾とは赤い布のことだ。この反乱軍は、赤い布を着けて味方の目印としていたので、こう呼ばれた。かつて寺に入ったのも、食べてゆくため。紅巾軍に入ったのも、食べてゆくため。朱元璋を動かしたのは、飢えである。思想も、信心も、志もない。

それでも、朱元璋は活躍した。

一兵卒から始まって武功をたて、自分が属する軍団の長の娘を妻に迎えることになった。

生涯で最も不幸だったあの日、仙人みたいな老人からもらった赤い玉のご利益《りやく》か？

……いやいや。朱元璋が懸命に働いた賜物《たまもの》である。

戦いに明け暮れる日々の、ほんの短い休息のとき、朱元璋は部下と酒を酌《く》み交わした。部下の名は恩奇四《おんきし》といった。

「おまえ、四男なのか？」
盃《さかずき》をあおって、朱元璋が訊く。

「ご明察どおり」
恩奇四は、にっこりと笑った。

「名前を変えろ。大物らしくないぞ——と、おれはいわれたよ。家族はおれを重八と呼んでいたんだがな、あるとき仙人が現れて、おれに元璋という名をくれた」

「仙人ですって？」
恩奇四は、意外なくらい驚いた。相手が真に受けるとは思っていなかったから、朱元璋も驚く。それで、調子付いたのか、婚礼を前に浮かれていたのか、仙人の戒めを破ってしまった。赤い宝玉を恩奇四に見せびらかしたのだ。

「これはなあ、その仙人にもらったんだ」

「ま……まことですか」
恩奇四は恐れ入っている。朱元璋は気分が良かった。

「何でもなりたいものにしてくれる、神通力の玉なのだそうだ。でも、これは内緒だぞ」朱元璋は相手の耳に、こちょこちょという。「おれは、皇帝になりたいと願った。

モンゴル人に国を乗っ取られて、おれたち漢人は八十年以上も、やつらに踏みにじられてきた。だから、おれが皇帝になって漢人の帝国を取りもどすのだ」

子どものころの気分にもどり、ちょっとした法螺《ほら》のつもりだった。

なにしろ、とがった顎の先まで酒で赤くなっている。細い目がしょぼしょぼしていた。こんなに酔うのは、滅多にないことだった。

「もしも、わたしでしたら――」

恩奇四は追従《ついしょう》の笑いを浮かべながら、朱元璋の顔を覗き込む。

「皇帝でなく、仙人になることを望みます」

「仙人だと？　ふん、つまらん」

朱元璋は鼻息で笑った。酒気が、鼻孔から「ふん、ふん」と噴出した。

恩奇四は、上官の盃に酒を満たす。

「皇帝は確かに、神の次にえらいが、現世の苦労からは逃れられません。もしわたしが、その宝玉を得たのならば、仙人になって無から全を作り出し、そこでとこしえに遊んで暮らします」

「怠け者め」

朱元璋は部下に思いやりのある横目をくれると、ごろりと寝そべる。同時に、無防備ないびきが出た。

恩奇四は厚い袍《ほう》を広げて朱元璋に掛けてやり、彼の赤い宝玉を盗んで逐電《ちくてん》した。

恩奇四の犯行は、はなはだリスキーなことである。

朱元璋のいう「願いをかなえる玉」云々《うんぬん》を真に受け、上官からそれを盗み、これまで築いてきた立場も信頼も捨てて、軍から逃げ出すとは。

恩奇四は、なぜ、そんなことをしたのか？

実のところ、彼は朱元璋が皇帝になることを知っていた。

何となれば、やがて皇帝になる朱元璋を、見て知っていたのだ。恩奇四は、時を超えたことがある。ゆえに、赤い宝玉の威力も知っていたのである。

赤い宝玉を盗まれた朱元璋は、それでも明国《みんこく》の皇帝になった。これは、いっときでも赤い宝玉を所有していたために成し得た偉業か？　あるいは、おのれ一人の実力によるものか？

ともあれ、赤い宝玉を盗んだ恩奇四は、玉に願って〈時の仙人〉になった。そして、朱元璋を恐れて、日本へと逃げた。（元以前、南宋《なんそう》の時代から、中華の人が亡命する先といったら、日本と相場が決まっていたものだ）

斯《か》くして、時の仙人——恩奇四は、S市のはなぞのホテルの一室に仙境をこしらえて暮らしている。

十二月十五日（土）～二十日（木）

新聞には、久保田さんの妹と父親の、交通事故に関する記事が載らなかった。久保田家は、悲劇を回避できたのだ。久保田さんの妹は元々、父と無理心中したのではなかった。だから、久保田さんにも二人の死をとめられた。彼の家族は、やっぱり不幸などではなかったのである。

妹が自殺する気ではなかったのだから、この先の心配は無要だ。

チズは胸をなでおろして、新聞をペーパーハンガーにもどした。

「チズちゃん、まかないができたわよ」

「はあい」

吉井さんに呼ばれて、チズはいそいそとスタッフルームに入った。

今朝のメニューは塩鮭のおにぎりと味噌汁《みそしる》。それに加えて、玉子焼きとコールスローサラダが付いた。そして――。

（おお？）

チズは吉井さんの顔を覗き込んだ。

吉井さんは、なぜか上機嫌だ。化粧もばっちりで、つけまつげなんか、使っている。

「うちの表六玉亭主が――」

表六玉というのは、マヌケという意味らしいが、正確にはマヌケの元亭主だ。

その元亭主が、婚約者に逃げられたのだそうだ。しかも、銀行預金を、ごっそり持ち逃げされたらしかった。

元亭主は、吉井さんに泣き付いてきたという。

――そんな事情だから、当面は養育費が払えないんだ。

再婚を前にしていったのと同じ悪条件だ。だけど、吉井さんはご機嫌なのだ。にっくき元亭主がドツボにはまったからか？　それとも、まだ未練のある元亭主から、悪い虫が離れたためか？

吉井さんの真意はわからないけれど、今朝の玉子焼きは、とりわけふわふわして美味《おい》しい。コールスローサラダは、しゃきしゃきして美味しい。

＊

帰宅すると母から電話がきた。

風呂《ふろ》上り、牛乳を飲んでから髪の毛を乾かしているときだった。チズはドライヤーを止めて、半乾きの髪を揺らしながら通話アイコンに触れた。

――あんた、次の休みは、いつ？

切り口上である。チズは無意識にも身構え、口の中でもぐもぐ答える。

「水曜日だけど」

――じゃあ、水曜日にそっちに行くから。


果たして――水曜日に母はやって来た。

落花生とネギとリンゴと干し柿と栗《くり》おこわと塩レモンとお見合い写真を持って、意気揚々と登場したのだった。

千葉から来たのだから、落花生はわかる。ネギとリンゴと干し柿と栗おこわと塩レモンは（重かったろうに）……何だろう。愛情というものだろう。

お見合い写真は……おせっかいというものだ。

「チズちゃん、お待たせしました！」

母はまるで、チズがお見合いの世話を母にせがんでいたかのような口ぶりでいった。人が見たら、そう勘ちがいするわよと思って、チズは気を悪くする。見る者、聞く者とて居ない自分の部屋の中だが。

「どう？　人見尊《ひとみたける》さんっていうの。苗字《みょうじ》も名前もかっこいいでしょう？　なんだか、仮面ライダーの俳優みたいじゃない？　しかも、イケメンでしょう？」

人見尊さんは、千葉市役所に勤める二十六歳。お人好しそうで、優しそうで、賢そうで、ちょっと格好良い人だった。

「断る理由もないけど、この人と結婚する理由もないよ」

チズは落花生の殻を割り、かりぽりと食べながらいった。

「お見合いってのは、そういうものなの」

母も広げたティッシュの上に落花生を取り、ぱりんぱりんと殻を割った。

「次の日曜日に、人見さんを連れて来るから」

「そんなこと、勝手にいわれても困るよ。仕事の休みが取れるか、わかんないし」

「仕事がなんぼのものですか。あんたなんか、そんな重要な仕事をしているわけでないでしょ！」

「わっ！」

チズは絶句した。

母は勤労という言葉を知らないのか。

「仕事はどんな仕事だって尊いんです。あたしだって、毎日一所懸命に働いてるし――」

チズがいいつのるのを、母は遮った。

「先さまが来てくださるっていうだけでも、ありがたくて涙が出るのよ。あんた、お見合いに恥ずかしくないような洋服は持ってる？　ないなら、買いに行くわよ」

「ええと……」

チズは根っから素直なたちなので、お見合いに気が進まないくせして、服といわれて小さなワードローブの扉を開けた。大学生のときに買った手編み風のざっくりしたセーターと、デニムのフレアスカートを取り出した。

「ええと。このセーターとこのスカートじゃ、だめ？」

「いいわけないでしょう」

母はなぜか怒っている。

忘年会の日に着ていった、グレーのワンピースを見せた。

母は、ぶんぶんとかぶりを振った。

「なんで、そんなおばあさんみたいに地味な服を着るのよ」

「地味かなあ」

確かに、チズの持っている服といえば、白、黒、グレー、茶色、紺色の、丈が長めのものばかりだ。理由は一つ、着やすいから。確かに、若い人間の服選びの基準から外れているような気もする。

「やっぱり、洋服を買いに行くわ。あんたの一生がかかっているんだから、シャキッとするのよ、シャキッと。就活で失敗したんだから、婚活しかないのよ」

決めゼリフが出た。カチンときたが、いい返せないチズであった。

母との買い物はストレスを極め、上りの新幹線を見送った帰りは、東京へと続く線路に向かって遠吠《とおぼ》えをしそうになった。チズの着たい服はことごとくけなされ、チズがやりがいをもって働くはなぞのホテルのことも、あやしい職場と決めつけられた。……そりゃあ、確かに途方もなくあやしいが……。

（だめだ。このまま部屋に帰ったら、不満でパンクする）

カンナに電話をしたら、すぐに来てくれるという。

駅前のフルーツパーラーで待っていたら、本当にすぐにやって来た。彼氏とデートした帰りだったらしい。

「え？　ひょっとして、お邪魔しちゃった？」

「ううん。さっき解散して、あたしだけ文房具屋さんに寄ってたの」

カンナは雑貨好きだ。S市の文具店はたいてい、可愛い小物がそろっている。二人で行けばいいようなものだが、カンナがいつまでも粘るので、彼氏には遠慮してもらっているのだそうだ。

「一人で心おきなく選んでいたいわけよ」

「そんなときに、ごめんね」

「いいよ、いいよ」

「実は、さっきまで千葉からお母さんが来ててさあ」

チズには無断でお見合いの話が進行していること。母に洋服を買ってもらったこと。それが少しも似合わないことなどを、チズはいつになく饒舌《じょうぜつ》に訴えた。

「見せてよ、服」

ひやかすような顔でいったカンナは、ロゴ入りのえらそうな紙袋から出されたワンピースを見て、無遠慮に笑った。ベビーピンクでハイウエストの、甘くとろけそうなデザインなのだ。

「いや～これは～。似合わないねー、チズちゃんには」

「そんなストレートにいわれると、傷つくけど」

「でも、服ってのは気合だよ。似合うと思えば、自然と似合ってくる。お見合いの前に、自分の部屋の中だけでもいいから、ちゃんと化粧して一時間以上着ていること。服に主人がだれかをわからせなくちゃ」

「へえ？　そんなもの？」

チズが噴き出し加減にいうと、カンナは大真面目《おおまじめ》にうなずいた。

「新しい服を買ったら、一晩着て寝るって女優さんの話をテレビで観《み》たことある」

「おしゃれ道って、摩訶《まか》不思議だわ」

チズはそういってから、のんきなことをいっている自分に腹を立てる。

「そんなこといってる場合じゃない」

「なに？　お見合いのこと？」

「そう」

「チズちゃん、彼氏いないんだから、ちょうどいいじゃん。前向きに会ってみなよ」

「相手、千葉の人だし。結婚したら、あたし千葉に行っちゃうんだよ。いいの？」

「それは、ちょっとさびしい。でも、本当に結婚するの？」

「するわけないでしょう！」

　声が大きくなったので、チズは自分で驚いて背中を丸めた。

「しない。しません」

「そんなかたくなにならなくていいって。良い人かもよ。運命の人だとか」

「そもそも、結婚する気なんかないんだよ。あたし、まだ二十三歳だよ」

「江戸時代なら、立派な年増《としま》だ」

「カンナちゃんも同じでしょ」

「だね」

　お決まりですか、とウェイトレスに声を掛けられる。決まってなかったけど、メニューを見ないで、イチゴパフェとプリンアラモードを頼んだ。二人とも学生時代から、この常連なのだ。

「プリン、一口食べさせてね。あたしのイチゴアイスをあげる」

「ここ来るの、久しぶりだね。でも、やっぱり落ち着くわ。お母さんと入ったとんかつ屋さんは、針のむしろだったよ」

「チズちゃん、とんかつ食べて、プリンアラモード？　カロリー高すぎない？」

「あ……そうだね」

二人の頭から、お見合いのことが抜け落ちる。カンナは買ったばかりのマスキングテープを並べて見せ、チズにひとつくれた。

＊

翌日、はなぞのホテルに中国からの団体客が来た。それぞれ、家電や衣料品の荷物を抱えている。楽しそうで、そして、とても早口な人たちだ。旅行に慣れている感じで、日本語も上手《うま》い。

「泊めてください。東京のホテル、いっぱいだから」

東京でホテルが探せなくて、わざわざ新幹線でＳ市までやって来たという。

しかし、なにゆえ、こんなちっぽけなホテルを探し当てたのだろう？　目を凝らしてみても、頭の回りにキンコジのきらきらした光は見えない。

（そりゃ、そうだよね。この人たちは時間旅行者じゃないんだもの）

じっと見ていたら、にっこりとした笑顔が返ってきた。

「おねえさん、わたしの顔に何かついてる？」

「いえいえ。あの――その」

思案しているうちにも、団体さんたちは壁のポスターを褒め、天井のシャンデリアを褒め、自撮り棒を使って盛んに写真撮影をしている。

「レトロですてきね」

「おそれいります」

支配人は、相変わらず隙なく整った三つ揃《ぞろ》いのスーツで、慇懃《いんぎん》にお辞儀をした。

「しかし、申し訳ございません。あいにくと、当ホテルは本日、満室でございまして」

団体の全員が泊まるのは無理だとはいえ、支配人のいうのはウソである。

ホテルとして看板を出しているから、ときとして時間旅行者じゃないお客さんもやって来る。ことに、フィリップ・マーロウものの映画にでも登場しそうな外観に惚《ほ》れこみ、是非にも泊めてほしいという熱心な人も居る。そんなときに、支配人はハンプティダンプティみたいな体をうやうやしく折り曲げて、「満室でございまして」とウソをつくのだ。

どんなに熱烈に頼んでも、満室ならば退散するよりない。

だけど、今日のお客さんたちは一枚上手だった。

「もう、疲れた、疲れた」

「ここでランチにしよう」

総勢十人、次々と食堂に向かうので、支配人は慌《あわ》てた。

「本日のランチは、にしん蕎麦《そば》と、京風おばんざいでございます」

吉井さんは、千客万来でちょっと浮かれている。支配人と吉井さんは、どうやら一枚岩ではないようだ。

「味がうすそうね」

「ヘルシーです」

「お手洗い、使わせてください」

「この料理、どうやって味付けしてるのですか？」

お客さんたちは、にしん蕎麦と京風おばんざいを美味しそうに食べ、気を良くした吉井さんはレシピを教えている。ささやかな国際親善ワークショップみたいな風景だ。

「日本語、お上手ですね」

賑《にぎ》やかな輪に入りたくて、チズも話しかけてみた。特別に人懐《なつ》っこい方ではないから、ちょっと勇気が要った。お客さんたちも吉井さんも、そんなチズを歓迎した。

「日本語、簡単です。ガイドブックで覚えちゃったよ」

「うちの坊やが居ない。大変」

「大丈夫、大丈夫」

「大丈夫じゃない！」

慌てだす女の人に、吉井さんはなだめるようにいう。

「さっきまで、ここに居ましたよ。ほら、にしん蕎麦を食べかけて」

「きっと、トイレに行って迷いました。あの子、方向音痴だから」

お客さんたちは、困ったように辺りを見回している。

チズもいっしょになってきょろきょろしてから、一同にいった。

「あたし、捜して来ます」

賑やかな面々をその場に残して、チズは一階の化粧室に向かった。が、だれも居なかった。フロントのカウンターの後ろにあるスタッフルームも、からっぽである。

階段で二階にあがる。しかし、どこにも居ない。

三階に上がる。やっぱりどこにも居ない。

二階と三階、いずれの客室も施錠《せじょう》されている。リネン室にも、だれも居ない。

鍵《かぎ》が開いているのは、二階の時の仙人の部屋だけだった。

時の仙人の住んでいる庵《いおり》までは、ものすごく離れているとはわかっていたが、ノックをしてみた。返事はない。たとえ返事をされても、何百メートルも離れた庵で「どうぞ」といわれたところで、聞こえるはずもない。

「失礼しまーす。仙人さまー？」

部屋に入った。

果てない仙境が広がっている。

方向音痴の子が、こんなところに紛れ込んだら大変である。

両側が崖《がけ》になった小道を、ずんずん進んだ。水平型エスカレーターみたいに不思議な道では、一歩につき百歩分も進む。山水画のように、雲海が広がり、佇立《ちょりつ》した岩山に見事な枝ぶりの松が生え、はるか下界には山羊《やぎ》の群れが綿毛のようにぽつりぽつり見えている。

飛ぶように進むものだから、彼方《かなた》にある庵に着くのに時間はかからなかった。

寝椅子《ねいす》にあぐらをかいて座る時の仙人を、立ったままの少年が見下ろしていた。

（やっぱり、ここに居た）

ともあれ、迷子になる前に見つかってよかった。

「坊や、お母さんたちが待ってるよ。お蕎麦を食べに帰ろう」

「…………」

子どもはちらりとこちらを振り返り、また時の仙人へと視線をもどした。

（あれ……？）

迷子の坊やは、ときおり見かける、あの麦わら帽子の子どもだったのだ。

（なんで、あの子が……？　ていうか、あの子はいったいどこの子なの？）

いつも変な格好をしている少年は、今日はこざっぱりとした服装をしていた。白いトレーナーに紺色の短いダウンベストを重ねて、野球帽に、ジーンズ、日本のスポーツメーカーの運動靴をはいている。細いおなかに、ウエストポーチを巻いていた。

（別人なのかな？　あたし、人の顔を覚えるのが苦手だからな）

少年はなぜか、時の仙人をにらんでいる。

にらまれた時の仙人は、目をしょぼしょぼさせて、黙り込んでいた。チズが来たのに気付くと、助けを求めるようにこちらを見た。

「ねえ――。お母さんたち、捜してたよ？」

チズが繰り返すと、少年はにっこりと笑った。可愛い作り笑いだ。

「はあい」

少年は時の仙人のそばから離れ、チズのそばに駆けて来た。時の仙人は、子どもが苦手みたいだ。すぐに、こちらに背中を向けてしまう。

チズは不思議な小道を、少年と並んで歩く。

「ねえ、この部屋って不思議でしょう？」

はなぞのホテルの秘密のひとつを見られてしまったわけで、何とかフォローしようとしてそういった。少年は目をぱちぱちさせて小首を傾《かし》げる。ボク、ニホンゴ、ヨクワカリマセン。という表情だ。

手をつないで階段を降り、食堂に連れていった。

母親らしい人が中国語で怒った。ワタシ、チュウゴクゴ、マッタクワカリマセン。というチズにも、坊や、早く食べなさいといっているのがわかった。

少年は日本語で「はあい」と答え、でもすぐに箸《はし》を持つでもなく、チズの方に来た。ウエストポーチから、二枚の紙片を取り出すとチズに差し出す。ラッキーランドの入場券だ。ラッキーランドは、Y山の中腹にある遊園地である。

「これ、くれるの？」

「来てね」

「どうも、ありがとう」

少年が「行ってね」ではなく「来てね」といったのは、日本語がよくわからないせいだと思った。中国のお客さんたちは、にぎやかに食事を続け、はなぞのホテルから出て行った。

「やれやれ……」

支配人が白いハンカチで汗を拭っている。

回転ドアが回りかけ、振り返った少年はチズに手を振ってくる。

「またね、おねえさん」

少年はそういってほほえんでから、大人たちの後を追いかけた。

ニヤリ。漫画に描いたら、そんな字が添えられるような微笑だ。

＊

中国のお客さんたちが帰った後、時の仙人がロビーに降りてきた。大きなスーツケースを引っ張っている。仙人の格好をして現代の旅行荷物を持つ姿は、とてつもなく妙ちきりんだった。

「仙人さま、どこに行くんです？」

チズが、何気ない調子で訊《き》いた。その声に気付いた支配人が血相を変えて、カウンターから出てくる。仙人は逃げるように正面のドアに向かい、支配人は短い脚でダッシュした。

「わしは、ここから出て行く」

「いけません！」

支配人がスーツケースをつかんで止めた。

「あなたはタイムマシーンなしに時を超える、いわば歩くタイムマシーンなのですから、勝手に出て行かれては困ります！」

「わしを、あの狭い部屋に幽閉する気か？　監禁する気なのか？　この人でなし」

「ずっと、あそこで暮らしてきたじゃありませんか。それに、あの部屋、うんと広いでしょう。仙境なんだから」

「ともかく、出て行くのだ。わしの身に危険が迫っておる」

「そうは、させません！」

支配人は渾身《こんしん》の力を込めてスーツケースを引っ張り、仙人がスーツケースを離したので、後ろ向きに見事に転んだ。

「吉井さん、桜井さん！　仙人を部屋にもどして！」

ひっくり返されたカブトムシみたいな格好で、支配人は絶叫した。

吉井さんは腕まくりして走ってくる。チズはどっちに味方するか決めかねたが、吉井さんにつられて仙人を捕らえる側に回った。そのとき旅行室のドアが音を立てて開き、五十嵐さんと夏野さんが駆けつけた。

多勢に無勢、時の仙人の逃亡はあっけなくついえた。

支配人、吉井さん、五十嵐さん、夏野さんが、いやがる時の仙人をかつぎあげて、二〇一号室まで運んだ。チズはスーツケースを持って、後を追いかける。

「ご苦労さん」

支配人はチズからスーツケースを受け取ると、二〇一号室に乱暴に投げ入れる。

「しかし、仙人は時を超える力を持つ身だ。閉じ込めることなんて、できるんだろうか？」

「…………」

支配人は目だけ動かして、きょときょとと一同の顔色をうかがう。チズも、ほかの二人も、五十嵐さんに同意した。支配人はぶるっと身震いして、大慌てでドアをあける。

「あ……」

せまい空間いっぱいにセミダブルベッドがあり、液晶テレビがあり、小型冷蔵庫がある、からっぽのシングルルームが目に飛び込んできた。仙境は消え失せ、時の仙人の姿はなかったのである。

「やられた。逃げられた」

支配人は地団駄を踏み、ITOの二人は茫然と互いの顔を見合った。

十二月二十三日（日）①

シティホテルのティールームで、人見尊という人物とお見合いをした。

写真で見るよりイケメンだったのは、尊がなかなか背高で体脂肪が少なそうな体形をしていたせいだろう。チズの両親と尊の両親が同席した。双方、久しぶりに改まった格好をしたので、ちょっとばかり一張羅が浮いていた。でも、一番浮いていたのは、チズだった。愛されワンピなるものを、生まれて初めて着た。カンナのアドバイスも空しく、どう努力しても気合を入れても、服と自分が分離したまま。悲しいくらい、似合っていない……。

そんな自信のない状態で、お見合いなんていう決戦に挑むとは、まことに居心地が悪かった。もしこれが戦だったら、早々に討ち取られているだろう。もしこれが騎馬戦だったら、とっくに紅白帽を取られているだろう。もしこれが就職試験だったら……。

チズは何かに取り憑《つ》かれでもしたように、フォークにケーキのフィルムを巻いて……ほどき、巻いて……ほどきを繰り返している。

（ああ、もしこれがエベレスト登山だったら……）

ええい、おチズ！　泣き言はいうまいぞ！

春日局の声が頭の中で聞こえたように思い、チズは思わず背筋をのばす。

一同の会話は、尊の仕事のことから、温泉の話に移っていた。両家の親たちは、これから連れだってA温泉に向かう予定なのである。

一方、チズはというと、吉井さんが二人分のお弁当をこしらえてくれていた。椅子の下に置いたトートバッグにはいっている。早く食べたいような、食べたくないような、複雑な気分だ。

――二人でデートするわけでしょう？　手作りのお弁当を持って行ったら、ポイントあがるわよぉ。

――デートなんかしませんよ。両方の親がいっしょなんですから。

――親なんか、さっさと退散するものよ。はいはい。鶏《とり》のから揚げとタコウィンナー、ほうれん草の胡麻和《ごまあ》えとキュウリとタコの酢の物、それから甘い煮豆、しめじの炊《た》き込みご飯に茗荷《みょうが》の甘酢漬けです。

――うわあ、うわあ。

結局のところ大喜びで受け取ったお弁当だが、こんなにガチンゴチンに緊張した自分は、いったい、どんな顔をして「いっしょに食べよう」というのだろう？　どんな顔をして、いっしょに食べるのだろう？　タコウィンナーもから揚げも、全部のどに詰まって死んでしまう気がした。

明日になって出勤して、お弁当の首尾はどうだったかと吉井さんに訊かれたら、どう答えたらいいものやら。結局、お弁当のことはいいだせずに、家に持ち帰ってチズが一人で食べることになるのだろうから。

(早く明日になんないかな。お見合いのない明日に)

ケーキのフィルムを巻いて、もどして、巻くチズの手をぴしゃりと叩《たた》いて、母が一同に念の入った笑顔を向けた。

「では、わたしたちはそろそろ退散しましょうか」

やれやれ、これで解散か。

バッグを持って立ち上がろうとするチズを、母はほほえみでコーティングした顔のまま肩をつかんで椅子にねじ伏せた。

あんたは、ここに残るの。若い人同士で、いろいろお話もあるでしょう。

エスパーでもないのに、母の思念がはっきりと伝わってきた。ないよ。

そう念じると、母は笑ったまま人殺しでもしそうな顔になったので、チズは竦《すく》みあがる。

こうして双方の両親は、和気あいあいと出口に向かった。

チズはまたケーキのフィルムを巻きかけて、慌てて手を降ろしてから、うしろめたいことでもしでかしたかのように、上目づかいで尊の顔を盗み見た。

ぱちん。

目があって、そんな音がしたように思った。

慌てて視線を落としてから、去りつつある両親たちを、助けを求めるように見やる。

ここは、わたしが。いや、うちが。

レジの前でお定まりの押し問答をしてから、尊の父が会計を済ませ、一同は無情にもチズを残して去ってしまう。

レベル１のまま、終盤のダンジョンに迷い込んでしまったような気がした。

もう一度、ボスキャラをチラ見する。

人見尊は、中くらいのイケメンだった。折り目のきちんとしたスーツを着て、爪《つめ》はきれいに切りそろえて、中くらいの高さの腕時計をして、てのひらを前に出して「ふっ」と差し出すような仕草をした。ケーキを食べなさいという意味のようだ。

「いただきます」

チズは蚊の鳴くような声を出した。ケーキはモンブランだった。こういう席で注文するのは、いつもモンブランだ。こういう席は初めてのことだが。つまり、ケーキを食べるときは、たいていモンブランにするという意味である。いや、モンブランはこの際、どうだっていい！　チズは頭の中で勝手にヒステリーを起こした。

いかん。自分を怒っている場合ではない。

「あの——。人見さんはどんな……」

お仕事を？

チズの頭が真っ白になっていたときに、とっくに披露されていた話題ではあったが、ほかにとっかかりが見つけられない。けれど、渾身の問いは、両親たちのカップを下げに来たウェイトレスに遮られた。

一層、間の悪い沈黙が流れた。ウェイトレスが去るまで、たっぷり五分くらい待った気がする。実際は、一分足らずだったのだけれど。

「あの――。ぼくは」

どんなお仕事を？ は通じていたみたいで、尊はそれに答えようとする。

チズが改めて「今日は、わざわざ」と切り出したので、二人の言葉が重なり、お互いに慌てた。ふたたび声を出す前に、目と目で合図を送り合い、チズが先にいうことにする。

「今日はわざわざ来ていただいて、すみません。本当は、わたしの方が千葉に行かなきゃいけないんですよね。実家もあるし」

「そんなことないですよ。千鶴さんは、どんなお仕事を？」

「おお……」

チズは、感動したように口に手を当てた。尊は、少し驚いたようだ。

「どうしたんですか？」

「千鶴さんって呼ばれたのが久しぶりで、ちょっと新鮮でした」

「普段は、皆さん、何と？」

「チズです」

「じゃあ、ぼくも、そう呼んでいいですか？」

「助かります」

少しでも普段に近づいた方がいいという一心で、チズはすがるようにいった。

「チズさんは、どんなお仕事を?」

　チズさんと呼ばれて、尊がぐっと身近な人に感じられた。おかげで、自然な笑顔になる。

「ちっちゃなホテルの客室係です。ベルガールもしています。お客さまのお荷物をお部屋に運んで、設備や非常口なんかの説明をするんです」

　ただし、お客さまは、正面口から来るわけではない。一階の旅行室にあるタイムマシーンで到着するのだ。ほかにも、時間旅行のトラブルに巻き込まれたり、吉井さんの美味しいまかない料理を食べたり……。

　チズがそんなことを言葉にしないで飲み込んでいると、尊は急ににこにこし出した。それが本当に楽しそうだったので、チズもつられてにこにこした。

「どうしたんですか?」

「実はね、知ってました」

「え?」

「チズさんの職場」

「ええ?」

　驚くチズに向かって、尊はとても親し気な、いたずら坊主《ぼうず》の顔をしてみせた。

「今日、チズさんの働いているホテルに、宿泊の予約をしてしまいました」

「えええ？」

チズは絶句した。

はなぞのホテルは、時間旅行者だけの秘密の宿だ。知る人ぞ知る時間旅行の秘密を、チズの見合い相手に知られてもいいのか？　いや、チズの関係者ということで、宿泊できるのだろうか？　そんなバカな……。

「でも、満室じゃなかったんですか？　あの、ええと、ちっちゃいホテルだから」

チズは顔を引きつらせて訊く。支配人は先日も「満室」だといって、中国からのお客さんたちを追い返してしまったではないか。

「チズさんとお見合いする相手だといったら、簡単に部屋がとれましたよ」

「わあああああ」

やっぱり、そんなことだったのか。

チズは激しく狼狽《ろうばい》する。支配人、わきが甘い。甘すぎる。バレたらどうするんだろう。

この人にも時間旅行を解禁するのか？

（あたしでも、したことないのに）

時の仙人とは一度、タイムトラベルをしたことがあったが、あれはタイムマシーンを使わなかったからノーカウントである。

「だから、今夜はチズさんの職場に泊まれるわけです。楽しみです」

「あの……ええと」

愕然と口を開閉しているうちに、モンブランを食べつくしてしまった。味わう余裕もなかった。この期《ご》に及んで、とても損した気分になり、チズはまことに情けない顔をした。

それをただの照れだと解釈した尊は、自分の仕掛けたささやかなサプライズに上機嫌である。

「これから、どうします？　ラッキーランドに行きませんか？　実はぼく、遊園地というものに行ったことがないんです」

「え？」

純粋に驚いたので、慌てふためいていたことを忘れた。

「千葉には、ディズニーランドがあるのに」

「親がそういうところに連れて行ってくれるタイプじゃなかったし、友だちもそういうところに行くタイプじゃなかったし。気がつくと、こんな年になってました」

「でも、デートとかで行くんじゃないですか？」

「彼女、いませんから」

尊が即答したので、チズはおずおずと頭をさげた。

「あ、すみません。でも、あたしも彼氏いないです」

「いいんです、いいんです。だから、こうしてお見合いをしてるんですから」

「そうだ。ラッキーランドに行くなら、ちょうどいいものを」

チズは、中国の少年からもらった入場券を取り出した。これをもらった経緯を、時の仙人の住まいのところははしょって、説明した。

チズのお客さんとの交歓や、自分がラッキーランドに行きたいといい出したことの偶然に、尊はいたく心を動かされたようだった。

「まるで、運命のめぐりあわせみたいですね」

「てへ」

チズは、どうでもいいことを肯定的に受け止めたという、軽い笑い声をあげた。

その声を自分で聞きながら、尊の言葉に小さな引っかかりを感じている。

運がいい……とは逆。まるで、だれかに監視されているような——まるで、だれかに未来を支配されているような、そんな居心地悪さを覚えたのだ。


地下鉄に尊と並んで座って終点のラッキーランド前で降りるころには、チズは最初の緊張が消えていた。

ラッキーランドに最後に来たのは小学六年生の夏休みだから、チズとしてもほぼ十年ぶりだった。でも、正面ゲートからベンチの置き場から売店やアトラクションまで、記憶していたのと少しも変わらない。

（時間がとまったみたいに？）

そんなことがふと思われて、チズは慌てて気持ちを切り替えた。時の仙人が穏やかならぬ家出をしたため、心のどこかが敏感になっている。チズの知らないところで、何か良からぬことが進行しているような、むやみな不安があるのだ。

（気のせいだよ、気のせい）

さまざまなパステルカラーに塗られた、ちょっと古くさいアトラクションを眺めて、チズは厄介ごとを意識から締め出した。

「どれに乗りますか？」

「ええと。空飛ぶ海賊船」

大海に翻弄《ほんろう》されるように、前と後ろに大きく揺れる海賊船に乗って、チズと尊は悲鳴をあげ、そして笑った。続けざまに、ローラーコースター、ジェットコースター、無重力体験マシーン、ジェットライダー……と、ラッキーランド自慢の絶叫マシーンを乗りつくす。

さすがに、ふらふらした。お見合い用の愛されワンピは、あまり絶叫マシーン向きではない。そもそも、両ひざをくっつけていなければならず、苦心した。

「チズさん、お昼を何か食べませんか？」

た。

「実は、お弁当を持って来たんです」

キノコのように並んだあずまやのベンチに腰掛け、チズは肩からトートバッグを外した。

尊は絶叫マシーンの興奮がさめやらぬ顔を、電球みたいに輝かせた。

「ひょっとして、チズさんの手作り？」

「いいえ、すみません。職場の吉井さん……コックさんが作ってくれました。吉井さんは、朝と昼に、まかないも作ってくれるんです。とってもおいしいんですよ」

鶏のから揚げもタコウィンナーも、ほうれん草の胡麻和えも酢の物も甘い煮豆も、しめじの炊き込みご飯と、それから茗荷の甘酢漬けも、どれも全部美味しかった。

尊は、チズの職場がどんなに恵まれているかを力説し、チズはそれを嬉《うれ》しく聞いた。

お腹《なか》がいっぱいになって、二人でお茶を飲んでいたら、電話が鳴った。

スマホを見たら、番号非通知の表示がある。

そういう電話を受ける心当たりはないが、あまり頓着《とんちゃく》しないで通話アイコンに触れた。

——はなぞのホテルにもどってみろ。

それだけいって、通話が切れた。

中年以上の年具合の、聞いたことのない男の声だった。ざらざらして聞き取りづらく、感情に欠けた調子だ。いや、感じの悪さが耳に残った。さっきまで、ひたひたと胸の底にあった不安が、一気に高まった。胸騒ぎというものである。

「あの――人見さん。これから職場にもどっていいですか？　今、変な電話があったんです」

お見合いを中断するには、相応の理由が必要だろう。チズは、電話のことを正直に告げた。

「気になりますね。ぼくもチェックインにはちょうどいい時間だから、いっしょに行きましょう」

S駅まで行って、尊がコインロッカーに預けた荷物を出し、そこからはなぞのホテルに向かった。

往来する人が、いつもよりそわそわしているように感じられた。消防車や警察車両のサイレンが近くから聞こえ、胸騒ぎがひどくなった。それは、はなぞのホテルに続く小路に、人だかりと警察官の姿を見たときに最高潮に達し、チズは心臓発作でも起こすのではないかと、自分の胸を両手で押さえねばならなかった。

人だかりを縫って進んだ先――はなぞのホテルが、壊滅していた。

（うそ……）

ホテルが建っていた場所は、瓦礫《がれき》が積みあがって山になっている。ガラス片と煉瓦《れんが》のかけらが、足元に散乱していた。消防署の人たちが、瓦礫の中に人が巻き込まれていないかを調べている。

チズと尊は言葉を失い、どちらともなく手をつないで立ち尽くした。

狼狽と混雑に気持ちが慣れてくると、遠くの方で二人の警官と話している支配人の姿が見えた。吉井さんも居る。

チズは尊を見上げてうなずくと、いっしょにその方へ走って行った。

「大砲と投石器と、鎧兜《よろいかぶと》の男たちが突然現れて——」

支配人が、制服の警官たちに向かってそんなことをいっている。

警官は、迷惑半分、いたわり半分、ときどき否定的な合いの手を入れながら、辛抱強く話を聞いていた。

「はい、はい。わかりました。聞いてますよ、落ち着いてください」

チズの姿に気付いた吉井さんが手招きをくれ、すぐに警官に向き直ると支配人の言葉を引き継いだ。

「何十人も……いや、何百人も居たわよ」

鎧兜の男たちが、何百人もで、投石器と大砲ではなぞのホテルを壊した？

にわかに信じられない話だ。警官たちは、まったく信じていないようだ。

「お巡りさん、本当のことなんです！　連中は突然にホテルを壊しだして——。わたしたちは、命からがら逃げ出して——。それから、連中は霞《かすみ》のように消えたんです」

支配人が顔を真っ赤にして、手をばたばたさせている。

吉井さんはチズの方を見て、鼻から太い息を吐いた。

「死ぬかと思ったってば。だれも手出しなんて、できなかったわ。だって、一瞬よ、一瞬。一瞬でこんなになっちゃったんだから」

「よくあることとはいえませんが、耐震基準に適《かな》ってなかったんじゃないですか?」

警官にそういわれて、支配人の声が裏返った。

「だから、バカでかい大砲と投石器でですね。どっかん、どっかんとやられたんですよ。ほら、見てください。大砲の玉です。投石器の石です」

支配人は、ボーリングの玉のようなものと、漬物石のような石を指さしながらわめいた。

「こんなもの、元からあるわけがないですよ」

「元からあるわけがない、ですか」

警官は、それをボーリングの玉と、漬物石と断じたようだ。確かに、球体には指を引っかける穴があり、石には糠《ぬか》がこびり付いているように見えた。警官は困ったように笑った。

「そんなことをする人が、いったいどこに居るというんです?」

「知るわけないでしょう。あいつらは、消えたんです。鎧兜の男たちが、何百人も!」

「まあ、落ち着きましょう」

若い警官は、こほんと咳払《せきばら》いをする。

「お酒は飲んでいませんよね？　最近、とくに疲れていたとか……」

「わたしが、酔っぱらってたというんですか？　ねぼけてたとでもいうんですか？　冗談じゃない！　現に、ホテルが壊れているじゃないですか！　何百人の鎧武者が来て、大砲と投石器でうちのホテルを壊したんだ！」

支配人は、言葉とは裏腹に錯乱寸前だ。

その様子を複雑な顔で眺め、吉井さんが宣誓でもするように右手を挙げた。

「あの……時代劇で見るような、鎧兜じゃありませんでしたよ。中国って感じなのかしらねえ。博物館で見た兵馬俑《へいばよう》の兵隊たちと似ていたというか」

チズは、ちらりと尊の横顔を見上げる。今夜泊まる宿を失った尊は、ただ茫然《ぼうぜん》と目の前のやり取りをうかがっていた。尊は少なくとも、懐疑論を展開する警官よりは、支配人たちのいい分を信じているように見えた。

「大砲や投石器は、どうなりました？」

警官はもはや、ため息をついている。

その様子を見て、吉井さんは申し訳なさそうに首をすくめた。

「ホテルを壊してしまったら、それもいっしょに消えたのよね、すううって感じ」

「ウソじゃない。皆に訊いてみてくれ！」

支配人は、野次馬たちを指さしていった。

大方の人は面倒に巻き込まれまいと尻込《しりご》みしたが、中には積極的な人も居る。

「いや、一瞬だったからね」

「解体工事だと思っていたんですよ。変な解体工事だな、と」

「兵馬俑といったら、兵馬俑みたいだったかなあ。大砲っていったら、大砲みたいだったかなあ」

警官は、比較的冷静な吉井さんから連絡先を聞き取っている。

野次馬たちも、飽きてきたみたいだ。三々五々に引き上げて行く。

チズは、支配人の耳元でこそこそと訊いた。

「支配人、旅行室は？　タイムマシーンは大丈夫なんですか？」

「大丈夫に見えますか？」

支配人がうんざりしたように答えるので、チズは「すみません」と謝った。

野次馬たちの後ろから、五十嵐さんと夏野さんが駆け寄って来た。二人はそれぞれ警察や消防の人たちと話し込む。ＩＴＯという組織が、現代の日本のお役所とどうつながっているのかはチズにはわからないが、警察官も消防署の人たちも、話が終わったら引き上げてしまった。あとには無残な瓦礫を残したままなのだから、チズは内心で慌てる。

「この現場は、ＩＴＯがなんとかします。しかし、いったい何者が――」

　五十嵐さんは続かない言葉を飲み込んで黙ってしまう。

　尊がチズの耳元で「ＩＴＯって？」と訊いた。チズは「お役所です」とだけ答える。

消防署と警察は五十嵐さんたちとつうかあみたいだったけど、千葉市役所に勤務する尊にはその存在すらわからないようだ。

「あの――あたしたち、さっきまでラッキーランドに居たんですけど……」

　チズが発言すると、一同の視線が集まった。非常時の鋭いまなざしに、チズはびくびくしてしまう。

「変な男の声で電話があったんです。『はなぞのホテルにもどってみろ』って。あれって、犯行予告だったんじゃないでしょうか」

　支配人と吉井さん、ＩＴＯの二人は互いの顔を見かわす。

　そんなときである。また電話が鳴った。番号非通知からの着信であった。

「また、きました。どうしよう」

「出なさい」

　支配人が、うながした。いつもきちんと撫《な》でつけてある髪が、ひたいの上で揺れた。

「はい」

　通話アイコンに触れ、スピーカーフォンにした。ラッキーランドで聞いたのと同じ声が響いた。ざらざらして、一本調子なしゃべり方をする男の声だ。

——われは、どんなこともしてのける。それがわかったか？

「あなた、だれですか！」

思わず、声が高くなった。

「はなぞのホテルを壊したの、あなたなんですか！」

——わが名を問うか、桜井千鶴よ。敵の巨大さに仰天するそなたの顔が見たいものよ。わが名は朱元璋《しゅげんしょう》。

電話の相手がチズの知らない名を告げると、尊が「ふえ？」と変な声を出した。

「朱元璋って明の初代皇帝ですよね。明ってのは、むかしの中国の……ええと、漢民族最後の王朝で……」

支配人たちのもの問いたげな目が、いっせいにチズと尊に集まった。

でも、電話の声はまだ続いている。

——すぐに、恩奇四を連れて来い。すぐだぞ。赤い玉を忘れるな。さもなくば、そなたらを皆殺しにしてくれる。もう一度いう。皆殺しだ。

「ええ？　オンキシってだれですか？　赤い玉って何のことだか全然わかんないし」

チズが追いすがるように訊いたが、通話は切れてしまった。

恩奇四のことは、支配人が知っていた。

「恩奇四とは、時の仙人の名前だ」

チズは驚き、尊はさっぱりわからない顔のまま、ほかの三人は「うん、うん」とうなずいた。

「時の仙人は、元帝国末期の中国から逃げて来たんだ。元帝国の次に興《おこ》ったのは、明だ」

「なんだか全然わかんないんですけど、すぐに仙人さまを見つけないと、あたしたち全員殺されちゃうんですか？　ですよね？　その皇帝が、自分のやる気と本気を証明するために、はなぞのホテルを壊しちゃったんだから」

「さすがに皇帝……を名乗るだけあるわ。やることが、おおげさ」

夏野さんがうんざりしたようにいった。応じる五十嵐さんは冷静である。

「名乗りを偽っている可能性はないかな」

「いいえ」

夏野さんはきっぱり否定した。

「偽称する必要はないもの。それに加えて、ただの脅しや酔狂ではなぞのホテルを壊すわけがない。旅行室のタイムマシーンまで破壊されて、わたしたちは、この時代に孤立してしまった。時の仙人と中国の皇帝がどんな関係なのかは知らないけど、本部の応援を呼ぶためにも時の仙人に力を借りる必要があるわ」

そうはいうものの……とチズは思う。

「仙人さまの力を借りるっていったって、どこに居るかわかるんですか？　仙人さまって、ずっとはなぞのホテルに住んでいたんでしょう？　それが急に行方不明になっちゃって——」

チズは、昨日の中国人団体客のうち、一人の少年が仙人の部屋に入り込んだことや、彼らがただならぬ雰囲気であったこと、仙人が出て行くといい出したのは、その直後だったことを説明した。

「そんな大事なこと、どうして今まで黙っていたんですか！」

支配人がキレ気味なので、吉井さんがいさめた。

「坊やが一人、お手洗いに行って迷ったなんてこと、だれも大事なこととは思いませんよ」

「その少年が、皇帝の使いだったのかな」

五十嵐さんがひとりごとのようにいう。

「仙人さまをどうやって捜すんですか？　ただ、やみくもに捜すんですか？」

「猫の首輪みたいにGPSを着けているわけじゃないからね。やみくもに捜すしかあるまい。いや、そもそも仙人には時を超える力がある。追手がかかったと知って逃げたのなら、現在にとどまっている可能性は低いな」

「そんな、どうしよう……。あたしたち、全員、殺されちゃう……」

チズがいうと、夏野さんがはげますように背中をたたいた。

「ここで何だかんだいっている暇があったら、時の仙人を捜しましょう」

こうして、皆は四方に散って行った。

十二月二十三日（日）②

チズと尊が取り残された。

チズは壊れた鉄骨と崩れたコンクリートの小山の上に立って、時の仙人と中国の少年、そして今のえらそうな電話の主のことを考えている。そんなチズに、尊がおそるおそる声を掛けた。

「きみたちがいっていること、全然わからなかったんですけど。朱元璋っていうのは、明の最初の皇帝の、洪武帝《こうぶてい》だってことしか……」

小山の下から見上げてくる尊の目を、チズはまっすぐに見た。

「さっきの皇帝が、殺してやるっていってきた中に、人見さんは入っていないと思います。これ、はなぞのホテルの問題ですから。人見さんだけでも逃げてください」

「いや、そういうわけにはいきませんよ」

　尊はびっくりしたように目を見開き、強い声でいった。

「お見合い相手のきみは、ひょっとしたら婚約相手になって、その次は結婚相手になるかもしれないんですよ。そんな人が……なんだかわからないけど、大変なことになっているのに」

　尊は瓦礫の山を、ぐるりと見渡す。

「きみを見捨てて、自分だけ逃げるなんて、できると思う？」

「できなくても、がんばって逃げてください。今日は楽しかったです。では、グッドラック」

　小山から降りて、駅の方向に足を向ける。

　後から腕をつかまれた。強い力で引きもどされ、心ならずも胸がキュンとなった。

「ぼくだって男です。頼ってください」

「殺されるかもしれないんですよ。無理しない方がいいです」

「怖いでしょう？」

「いや、不思議とそんなでもないんです。皇帝なんていわれても、実感がわきませんしね」

「チズさんが怖がってないのに、ぼくだけ怖がって逃げられますか」

「いやいや、お気遣いなく」

「てこでも、ついて行く」

チズは尊の顔を見た。目が真剣だった。

「しょうがないですねえ」

チズが歩き出すと、尊が横に並んでついて来る。

チズは土埃《つちぼこり》の積もった地面を見ながら話しだした。

「これからいうことは、本当のことです。本当のことだから、極秘事項です。だれにもいわないって、約束できますか？」

「市役所に勤め始めたとき、守秘義務を遵守《じゅんしゅ》するという宣誓をさせられました。それと同じですね。――誓います――約束します――むしろ、喜んで」

「喜んで？」

「チズさんと同じ秘密を持つって、ちょっと嬉しいです。……いや、すみません。こんなときに」

「…………」

チズは不覚にも涙がこみあげてきた。それを隠すように顔をそむけると、尊がいったのと同じく、自分も心のどこかで喜んでいることに気付いた。自分が居て――対になる男の人が居る――ということに、チズは慣れていなかった。それはただそれだけで、心

が躍った。まったくそんな場合じゃないというのに、チズは男性を頼りにするというこ
とに、ちょっと浮かれた。
「じゃあ、一気に話します。バカっぽいと思っても聞いてください。事実は小説よりも、
バカっぽいのです」
「わかりました」
尊は、用事をいいつかった子どもみたいに、目をきらきらさせた。
チズは「ふう」と息を吸って吐き、はなぞのホテルについてウソかマコトかと思うよ
うな事実を説明した。改めて口にすると、われながらふざけているような心地がした。
「……つまりですね、はなぞのホテルは、時間旅行者のための宿泊施設なのです」
「チズさんって、すごい仕事をしているんですね」
「いえいえ。面接を受けに来た友だちの代わりに掃除の手伝いをして、そのご縁で採用
されちゃったんです」
ほんのひと月あまり前のことなのに、もう何年もむかしの話のように思える。
「でも、毎日が楽しいんですよ。こうして人見さんにもはなぞのホテルのことを知られ
ちゃうなら、もっと前に知られちゃって、忘年会にもお呼びしたかったです。吉井さん
のお料理がおいしくて、とても楽しかったんですよ」
はなぞのホテルが瓦礫になってしまったことを思いだして、チズは口元をゆがめた。

その落差を改めて考え、今はとてつもなくシビアな現実の中に居るのだと実感する。

尊は信じがたい新情報を無理なく受け入れたようだが、愛すべき職場を失ったチズにくらべたら冷静だ。

「タイムマシーンがあるなら、明《みん》の皇帝が出て来るのもありかなあって気がしてきました。仙人も、やっぱり、ありですかね。世界って不思議がいっぱいですね」

素直に感動しているようだ。

「だけど、洪武帝の時代にタイムマシーンがなかったことは、事実ですよね。時を超える仙人――恩奇四さんですか、その人はともかくとして、大勢の兵隊たちがはなぞのホテルを壊すとか、洪武帝がチズさんに電話を掛けてくるとか、タイムマシーンなしにはできないことですよね」

「ＩＴＯができてから、各時代にタイムマシーンが置かれたらしいんです。つまり、どの時代にもあるんですよ」

「へえー、知らなかった」

広い交差点を渡りながら、尊は感に堪えない声でいった。

この辺りまで来ると、アスファルトからはなぞのホテルの残骸《ざんがい》の土埃が消えている。

「未来から旅行者が行きますから、タイムマシーンがないともどれないですからね。もぐりのタイムマシーンを撲滅するためにも、公的なマシーンを設置するのは大切なことらしいです――」

そこまでいって、チズは突然に黙った。

頭の奥の奥で、とてつもなく大切なことがひらめいた気がした。

「チズさん……？」

「今、なんか重要なことが浮かんだんだけど、それが何なのか自分でも……」

そして、チズは自分の思案の海へと、黙然と飛び込んだ。

中国人観光客の団体さんは、はなぞのホテル攻撃のための下見だったとか？

だとすれば、時の仙人の部屋に入った少年こそが、皇帝の使いか？

あの少年が今回の事件にかかわっているとしたら、チズにくれたラッキーランドのチケットには、何か意味があるのだろうか。今日はたまたま、尊も行きたいといったわけだが……。チズはふと、そんな成り行きを少年に見透かされていたような心地がした。

背中がゾクリとする。

少年は、敵なのか、味方なのか。

いずれにせよ、ラッキーランドへと道筋を示したわけだ。……あるいは、わなだったのかもしれないが……。

「ラッキーランドにもどりましょう！」

チズは尊のスーツの裾《すそ》をひっぱって、通りを振り返った。手を上げて、タクシーをとめる。

「ラッキーランドへ」

意気込んでそう伝えると、勘違いしたらしい運転手がルームミラー越しに笑顔をくれた。

「新婚さんかな？　彼氏と彼女？　いいなあ」

運転席の横に、乗務員の顔写真と名前が掲げられている。佐伯《さえき》信夫さんという名前のわきにあるのは、いかにもお人好《よ》しな初老の男性の肖像だった。佐伯さんは、自分の新婚時代のことを話し、娘の結婚の話をして、とても親しげだった。

皇帝と少年のことで頭の中がギラついているチズは、平和な話題に合わせるのに苦労した。尊はつい先月にあった従姉《いとこ》の結婚式の話を披露して、楽しそうだ。

タクシーの運賃と、ラッキーランドのチケットは、尊がはらってくれた。金欠のチズは、平身低頭だ。

「その仙人は、せまい場所を仙境に造り変えてしまうんですね」

「はい」

「仙人はこのラッキーランドに居ると、チズさんは思うんですね」

「はい」

「う～ん」

チズの簡潔な返答に、尊はうなった。

「トイレの個室とか、調べますか」

「トイレが仙境になってたら、ちょっとウケますね」

トイレを調べ出したときは、まだそんな軽口がいえた。でも、園内のトイレは八箇所もあり、当然のことながら、敷地内にまんべんなく散らばっている。そもそも最初は目についた場所を手あたり次第に捜していたが、それでは見落としがあってはいけないと、案内マップをもらうため、エントランスまで引き返したからよけいにくたびれた。

いくら仙人でも女子トイレに仙境は造るまいと思ったものの、念のためにチズの受け持ちとして調べることにした。結果として、トイレに仙境はなかった。

「やっぱり、トイレに住みたくはないですよね」

笑ってお互いを元気づけ、今度はアトラクションの中を捜す。

コーヒーカップや観覧車などが怪しい。お化け屋敷も怪しい。

しかし、コーヒーカップも観覧車も、すべての席を調べるわけにはいかない。そんなことをしたら、何日もかかってしまう。第一、係員に怪しまれてしまう。

「疲れましたね」

楽しいはずのアトラクションも、超常の空間捜しという、ありかなしかの可能性にかけて乗りまくるのは、徒労感ばかりが大きかった。

芝生に腰を下ろして、冬晴れの空を見た。

日曜日の午後、遊び疲れた家族連れが、花壇の後ろのあずまやでくつろいでいた。子供たちがキリンやゾウやライオンのデコイに乗っかって歓声をあげている。

「……ん？」

あずまやは、赤いきのこの形だ。それが横一列に並んでいるのは、まるで児童書の挿絵みたいに可愛《かわい》い風景だった。そう思って心を和ませていたチズは、五軒ならぶあずまやのうち、ひとつだけからっぽなことに気付いた。

休憩場所を求めてやって来た家族連れやカップルたちは、その一軒をはなから無視して、ほかの四軒が満員であるのを見て芝生の方にやって来る。あたかも、そこに結界が張られているかのように。あたかも、魔法陣で守られているかのように。あたかも、その一軒だけが見えていないかのように。

（見えていないんだ、たぶん）

尊も同じことを考えたらしい。二人はほとんど同時に立ち上がり、歩き出しながら互いに目を見合わせた。

「怪しいですね」

「怪しいです」

二人は、無人の一角に建つおどけた小さな屋根の下に入った。

空気が変わる。

冬の透き通った冷気が消え、足を踏み入れたとたんに花のかおりのまざった暖かな微風がチズたちを包んだ。二人が――とりわけ、こんな体験など初めての尊が驚いたのは、風どころではない、風景が一変したことだ。ちんまりとしたあずまやの中に、広大無辺の仙境が現れたのだ。

急峻《きゅうしゅん》な岩山がいくつもそびえ、中腹には盆栽みたいに形の良い松が枝を伸ばしている。目の高さに雲海があり、はるか下には田園風景が広がっていた。もふもふした雲の中に、小道が通っている。それはところどころで緩いカーブを描き、エキゾチックな形の小さな庵《いおり》へと続いていた。おなじみ、はなぞのホテルの二〇一号室の風景である。

「うわあ――うわあ」

尊は子どもみたいに、あずまやから出たり入ったりを繰り返して、いちいち驚いている。

「チズさん。正直、ぼくは今まできみの話を完全に信じていたわけじゃなかったんです。でも、もう信じないわけにはいかない。すごいですよ――こんな、こんな……」

興奮している尊の腕をつかんで、チズはちょっと怒ったようにいう。

「人見さん、行きますよ」

「す、すみません」

一歩が百歩。庵につづく小道は、やっぱり水平型エスカレーターみたいに進む。まるで空を飛んでいる気分になる。尊はここでもはしゃいだ。

「うわあ、ははは、チズさん。すごいですね、これ――」

「人見さん」

「す、すみません」

庵の戸と窓は、残らず閉ざされていた。でも、鍵《かぎ》がかかっていなかったので、簡単に中に入ることができた。

（仙人さまには、戸締りをするって発想がないんだろうか）

こんな仙境をこしらえることができるなら、地下シェルターみたいなものでも造り出せるだろうに――。あるいは、この仙境は実際にどこかに存在していて、仙人はその入口を出現させているだけなのかもしれない。

「仙人さまー」

引き戸を開けると、時の仙人は避難訓練のときの小学生みたいに、テーブルの下にもぐっていた。

「仙人さ……」

チズがもう一度呼びかけると、仙人は顔を上げるやいなや、入口とは反対側にある扉から飛び出して行く。

「こら！　待ってくださいよ！」

仙人は、待たなかった。

俺の前面は水平型エスカレーターの小道と雲海があるだけだったが、裏手に回ると荒野が広がっていた。

そこは背丈より高い大きな岩が佇立《ちょりつ》していて、仙人は長い衣をなびかせて軽やかに逃げて行く。チズは生身の人間で、子ども時代の体育の成績もさほど良くなかったので、まったく苦労した。尊の方は少しはマシで、長い脚を駆使して岩によじ登り、チズを助けながら懸命に追いかける。

「人見さん、あたしはいいから、仙人を捕まえてください――」

「はい！」

そこから先の尊の活躍は、ちょっとしたものだった。

岩地はほどなく終わり、凸凹の激しい平原へ、その先は廃村になった集落へと続いた。

仙人は両手に何かを抱えて走る。振り返った拍子に、それが赤い光を放つ球体だとわかった。いつぞやに見た、赤い玉――皇帝が要求してきた赤い玉だ。

チズたちは、廃屋から廃屋へとさんざんに無人の集落を走り回り、水牛の居る湿地で泥をはねあげて悪戦苦闘の末、また一歩で百歩進む水平型エスカレーターの小道に出た。

仙人は高齢者とはとても思えない健脚で走る――走る。あと一歩でふたたびラッキーランドへ出る瞬間、尊がタックルした。

「やった、チズさん！」

見れば、尊は赤い玉を奪っている。

そして三人は同時に、あずまやの外に転がり出た。

「こしゃくな、若造！」

仙人はアスリート並みの素早さで、赤い玉を奪い返そうとジャンプした。

尊は両手に持った赤い玉を上体で隠すようにして、くるりと仙人に背を向ける。まるでバスケットボールのディフェンスのごとくである。

「皇帝がはなぞのホテルを壊してしまったんです。赤い玉と一緒に仙人さまを見つけ出さないと、わたしたち全員が殺されてしまうんです」

「…………」

仙人は動作をとめて、顔を上げた。

ラッキーランドのお客さんたちが、何かのイベントと思いちがいして、チズたちの周りを取り囲んで拍手をしている。仙人のコスプレをしたおじいさんと、レアアイテムっぽい赤い玉……。さしずめ、仙人は悪のボスキャラで、尊がヒーロー、そして赤い玉は必殺の切り札か。それって、実際とさほど掛け離れてはいないけど。

さりとて、これといった演技も始まらないので、野次馬たちは離れて行った。

「おせっかいどもめが」

まだ赤い玉を取り返せないまま、仙人はあずまやにもどる。

不思議なことに、そこにはもう仙境はなくて、白いペンキを塗った木のベンチが二脚、向かい合っておかれていた。仙人はそこに腰を下ろし、チズと尊ももう一方のベンチに並んで座った。

＊

「まだ恩奇四と名乗っていたころ、今から六百五十年あまりもむかしのことだ」

時の仙人は、手鼻をかんだ。チズたちは思わず引いたが、はなみずは手も顔も汚さずに飛んで、あずまやの床に落ちた。ちょっとした名人芸である。そして、時の仙人の話は続く。

「六百五十年前、わしは後に明国皇帝になる朱元璋から、この赤い玉を盗んだ。これはな、何にでもなりたいものになれる秘宝だ。今の時代に生きるあんたたちには、アホらしく聞こえるかもしれんが」

「いや、信じます……」

尊が答えると、時の仙人は問いたげな視線をチズにくれる。チズは今さらながらに照れて、もじもじした。

「ええと、あたしは今日、こちらの人見尊さんとお見合いをしたんです」

「ほほう。あんたは花嫁になるのかね」

そんなおめでたい質問をされて、チズは真っ赤になった。尊も両手に持った赤い玉で顔を隠したり、空を見たりしている。

「話をもどそうか」

時の仙人は、ちょっとしらけた顔をした。

「その赤い玉をわしに見せ、朱元璋は皇帝になりたいといった。やつ自身、信じてもおらぬ顔付きだったな。六百五十年もむかしでも、荒唐無稽《こうとうむけい》な話は荒唐無稽だったのだよ」

「へえ」

チズと尊は、同じあいづちをうつ。

「しかし、わしは赤い玉の力を知っていた。朱元璋が皇帝になれることを知っていたのだ。なぜだと思う？」

時の仙人が手をかざすと、空中に立体映像が現れた。

身の丈二十センチほど、フィギュアサイズの少年が空中に浮いている。光沢のある着物に似た衣装を着ていた。頭には、同じ布地で作った丸い帽子をかぶっている。

超常現象活劇に慣れたはずの尊だが、「うお！」と声を上げた。チズはそれ以上に驚いた。

「うわ！　この子……」

仙人はそんな二人の反応を見て、気分が良さそうである。

チズが尊に比べて一回り大きく驚いたのには理由がある。立体映像の少年は、はなぞのホテルに出没する、あの男の子だったのである。ときに季節感を無視した風采《ふうさい》でうろつき、中国人観光客に連れられてきたときには、時の仙人の部屋に入り込んでいた少年だ。

「これは、わしだ」

時の仙人がそんなことをいったので、チズはますます驚いた。――あの可愛らしい少年が、こんなじいさんになっちゃう……というのは、まあ、置いといて。

少年は時を超えて、はなぞのホテルを訪れていたということか。六百五十年以上後の時代に居る、自分自身に会うために？　でも、どうやって？　でも、何のために？

「幼きころのわしは、皇帝のしもべだった。明国の洪武帝――朱元璋のしもべだったのだよ。朱元璋は神から皇帝になるために赤い宝玉を授かり、それがために玉座についた。幼かったわしにとって、皇帝であるあのお方も、神の意思の宿った赤い玉も、ひたすら輝かしかった」

「んん？　それって時代が合わなくないですか？　だって、元帝国末期に仙人さまが朱元璋と会ったときは……つまり、赤い玉を盗んだときは……同世代だったんでしょ？」

「いかにも」

時の仙人は、白い髭《ひげ》を撫でた。

「タイムマシーンが、いずれの時代にもあることは、もう知っておるな」

「はい」

チズと尊は同じ返事をする。

「幼いころのわしは皇帝に仕え、皇帝の乗り物を自由に動かせた」

「乗り物ってのは、タイムマシーンもってことですか？」

「さよう」

「そんなちっちゃい子に、危ないなあ。ほかの時代で迷子になったら大変でしょうに」

仙人はチズの心配を無視する。

「わらべだったわしは、皇帝が正義の人であると信じていた」

元帝国の末期。

王朝の終わりには、世が乱れる。新しい国は、腐った王朝の屍肉《しにく》から芽吹くのである。

だから、元の末期に生まれた人間は、災難だった。

戦乱と略奪が中華のあちこちを蹂躙《じゅうりん》して、それでも生き残った者だけが、新しい時代を迎えることができた。

そんな中で明国を打ち立てた朱元璋は、英雄の中の英雄だ。時の仙人は幼いとき、彼を心底から崇拝した。まさしく、神の次にえらい人なのだと信じていた。

しかし、朱元璋は皇帝の座につくと、商人、軍人、文人、官吏への弾圧を始めた。また、おのれが亡《な》き後の世を案じて、臣下の粛清に熱中した。皇帝の猜疑心《さいぎしん》のもとに命を落とした人の数は、五万人を超える。

「五万？　五万人……」

にわかに信じがたく、チズはおろおろとつぶやいた。

「皇帝は気まぐれで癇癪《かんしゃく》持ちで、つまらん意地悪をする男だ。それでも、乱れた世をまとめて、平和をもたらしてくれた人なのだ。英雄でなくて、何だという。しかし――それは、虐殺《ぎゃくさつ》された人々の上に建つ国であった」

「………」

歴史に詳しくないチズは、初耳である。尊は朱元璋のことを小説で読んだことがあるといったが、やっぱり驚いていた。彼とて、幼いときの仙人のように、英雄である朱元璋しか知らなかったようだ。

「長じてわしは皇帝の乗り物で、過去の彼に会いに行った。まだ若い朱元璋から、赤い玉を盗んだのだ。なりたい者になれるという、赤い玉だ。

皇帝が不機嫌で恐ろしい男だというのは、知っている。その気持ちのひだを見て育ったわしには、まだ青二才だった朱元璋を操るのは容易だった。彼がまだ反乱軍の下っ端《ぱ》だったころさ。わしは朱元璋を酒に酔わせておだてたのだよ。そうしたら、他愛《たわい》もなかった」

「それで、時を超えて、はなぞのホテルに来たわけですか？」

「いかにも、さよう」

時の仙人はのどが渇いたといい、尊が近くにある自動販売機からペットボトルのジャスミンティを買ってきた。時の仙人は、それをうまそうに飲んだ。

「しかし、赤い玉を奪っても、やつは皇帝になりおった。わしのしたことは、無駄だったのだ。ただいたずらに自分の身を危険にさらし、はなぞのホテルを破壊してしまった」

「まあ、むこうに才能があったんじゃないですか？　運が良かったとか」

チズがけろりとしていうと、時の仙人は唐突にベンチから立ち上がり、すたすたと歩きだした。

チズと尊は顔を見合わせ、互いの表情に「？」を読み取ってから、あわてて時の仙人をおいかけた。赤い玉は、まだ尊の手の中だ。

「ちょっと、仙人さま、どこに行くんですか。怒ったんですか？」

「あんたたちを怒ってどうする。怒られるは、われにあり」

そういった瞬間、仙人の姿が一瞬だけ消えたように見えた。

「うお？」

尊が短い悲鳴をあげる。

「人見さん、どうしたんですか？」

チズが驚いて振り返ると、尊は両ひざをついて倒れている。両手に持っていたはずの赤い玉が消えていた。

「だれかが、うしろから、ひざカックンを……」

尊は、おろおろと立ち上がる。

「仙人さま！」

チズは尊を助け起こしながら、するどい声で時の仙人を呼んだ。

前を歩く時の仙人は、長い袖《そで》で隠した両手で、まぎれもなく赤い玉を抱えている。

「やられた」

一瞬だけ消えた間に数秒後の未来に現れ、尊にひざカックンを食らわせて赤い玉を奪ってから、チズたちの前にもどったというわけだ。

「わしを敵に回しても、勝てっこないよ」

時の仙人はこちらを振り返って、寂しそうに笑った。胸にグッとくる表情だったので、チズは怒るのも忘れる。

「これを朱元璋に返してくるよ」

「どこに行けば皇帝に会えるか、知っているんですか？」

チズはたまげて訊《き》いた。

十二月二十三日（日）③

ラッキーランドの一番奥に、お化け屋敷がある。

ゾンビと吸血鬼と白い着物を着た幽霊と包帯だらけのミイラと骸骨と魔女、古今東西の怖いものがごてごてと描き込まれた看板の下、暗い入口が開いている。

幼稚園児ほどの子どもが、母親にしがみついて、泣き叫びながら出てきた。その後から、カップルが引きつった顔で笑いながら歩いてくる。ラッキーランドのお化け屋敷が怖いことは、定評があった。

皇帝がこのお化け屋敷に居ると聞いて、チズは「なるほどねえ」と思った。あずまやに仙境を避難させたのと同じく……いや、仙境の入り口を避難させたのと同じく、お化け屋敷の中に皇帝の居る別世界への入り口を見つけたか、こしらえたのだろう。

ラッキーランドのお化け屋敷は午前中に来たときに入れなかったから、見てみたいという気持ちがにわかにわいた。でも、これから入るお化け屋敷は、きのこの屋根のあずまやといっしょで、全く別な空間なのだろうけれど。

くぐもったような暗闇《くらやみ》の通路の果てにあったのは、一軒のあばら家だった。

灯りは一切ない。窓もない。けれど、暗さに目が慣れたせいか、おぼろげに空間の様子が見てとれた。かまどがあった。それから、分厚い土器のような皿と、鉄の鍋《なべ》、壊れた農具が転がっている。

外はお化け屋敷の通路のはずなのに、あばら家の破れた板壁から、隙間《すきま》風が吹き込んでくる。むせび泣くような、風の音が聞こえた。やはり、時空を超えてしまったのだ。ならば、ここはどこなのだろう。

せまくて、暗くて、酸《す》っぱいような甘いような異臭がする。――チズたちは知らなかったが、それは死臭だった。死んだ人間から発するにおいである。

小屋の隅で凝《こご》っていた闇がどろどろと集まり出した。

チズは思わず後ずさりして、尊の手を握る。尊の手は緊張のせいかひどく冷たくなっていたが、チズの手を包むようにして強く握り返してきた。

闇の集合体は、人間の形になった。骨格標本みたいに痩《や》せた、少年だった。粗末な貫頭衣のようなものに、股引《ももひき》みたいな膝丈《ひざたけ》のズボンをはいていた。どちらも、幅があまってだぶだぶしている。

少年……ということは、時の仙人の若かりしころ――あの生意気な美少年かと思ったがら、とんでもない。こちらは、おそろしく不細工な子どもだった。あごが長くてとんがって、吊《つ》り上がった目が涙で充血している。ほっぺたは、あばただらけだ。

外から聞こえていた風の音が、少年の泣き声に変わった。これがまた、可愛くない声なのだ。おん、おん、おん、おん……。慟哭《どうこく》の合間に、少年はチズたちの知らないことばでわめきたてた。しかしなぜか、何といってるのかわかった。

「兄《あん》ちゃん、兄ちゃん、兄ちゃん、なんで死んじゃったんだよう。おれ、ひとりぼっちじゃんかよう」

時の仙人は少年に近付いて行くと、やせ細った肩に手を掛けて、あの赤い玉を差し出した。

「重八や、おまえに、これをやろう。この玉はおまえの願いを一つだけかなえてくれるのだよ。さて、おまえは、何を願うかね？」

「おれ、皇帝になりてえ！」

重八少年は（「重八というのは、朱元璋の幼名です」と、尊がチズに耳打ちした）まことに可愛くないがらがら声で怒鳴った。

「皇帝になって、だれも病気になんねえようにする。だれも腹が減らねえようにする。お天道《てんと》さまの下の皆が、幸せに暮らせるようにするんだ！」

おん、おん、おん、おん、と重八少年はまた泣く。

「その言葉、しかとまことか。良い皇帝になるか」

「なるさ。おれだったら、きっと良い皇帝になる」

涙でくぐもった声でいってから、重八は土間にたたずむ自分の汚れた足を見た。はきものもなく、はだしだった。

「でも、もう手遅れだ。お父《とう》も、お母《かあ》も、兄ちゃんも、皆死んじまった。おれはもう、ずっとずっとひとりぼっちなんだ。皇帝なんかになっても、もう遅いんだ。たらふく食わせてやる家族が居ねえんだもん」

「おまえは、今、お天道さまの下の皆を幸せにするというたぞ。お天道さまの下の皆は、だれかの家族だ。だれかが死ねば、おまえのようにだれかが泣くのじゃ」

重八少年は、しゃくりあげ、細い目からまた涙がぽろぽろこぼれた。二つの鼻穴から、はなみずが流れた。

尊が見かねて、ポケットティッシュを渡す。

それではなをかんだ重八は、飛び上がるほど驚いた。細い目をいっぱいに広げて、ティッシュを見つめる。

「なんだ、この柔らけえ紙？　すげーな。はなみずが、すーっと吸い込まれるぞ。おじさん、これ何なんだ？」

尊は面食らい、元朝末の中国の少年にも理解できる言葉で、懸命に説明する。

「ええとね。これは神仙界の特別なティッシュ……じゃなくてはながみで、鼻にやさしい魔法がかかっているんだ」

「うへー。すげえもんではなをかんじゃった。もったいねー！　じいさんも、この仙人の仲間なの？」

「ティッシュよりも、赤い玉を大事にせんか！　いいか、大人になったら、酒に酔っ払っても、決して他人に見せるでないぞ。そして、皇帝になったあかつきには、決して人間の命を軽んじるでないぞ。おのれの損得で、他人の命を奪うでないぞ。短気を起こして、ひとを殺すでないぞ」

「このうすっぺらい、透き通ったものは何だ？　このちっちぇえ硬い紙に書いてあるのは――すげえ、ご馳走《ちそう》！」

　重八少年はティッシュペーパーを包むビニールを透かし見たり、底に入っている居酒屋の広告を取り出したりして、仰天している。

　時の仙人は、キレた。

「だから、ティッシュのことなど、どうでもよいといっておろうが！　欲しければ、もっとやるわ！」

　駅前でもらった美容室、居酒屋、メイドカフェ、郵便局、ドラッグストアの広告が入ったティッシュをどっさりと重八に渡した。

「それよりも赤い玉じゃ。確かに、渡したぞ。良いな、くれぐれも大切にするのだぞ」

「うん、わかったよ。仙人さま」

　重八少年は、すっかり泣きやんでいた。それは、決して赤い玉のおかげではない。ポケットティッシュを山ほどもらって、嬉《うれ》しくてならなかったからだ。

「徐達《じょたつ》にも、わけてやろうっと。へへっ」

　友だちの名前をいって、重八少年は幸せそうに笑った。良い笑顔だとチズは思った。この少年が、やがて五万人の無辜《むこ》の人たちを殺すことになろうとは、とうてい考えられない。そんな笑顔だった。

　仙人は重八少年の粗末な小屋の戸を開けた。

　外はラッキーランドのお化け屋敷……ではなかった。

　小屋から一歩出たとたん、その小屋すら消えてしまった。一切の風景がない、空すらもない、地面しかない空間だった。闇は、重八少年の小屋よりも濃かった。

　闇の中で目を凝らすと、ぞろりと長い豪華な衣装を着けた中年の男が居た。頭の前と後ろに玉のれんみたいな飾りを下げた黒い冠をかぶり、重たげな袖から伸びる手には抜き身の剣を握っている。あごがとがって、目が細く吊り上がり、一目でそれが重八少年の成長した姿だとわかった。

　だけど、少年時代の素直さも純朴さもなく、細い目は猜疑心で冷たく光り、とがった顎《あご》は悪魔みたいな人相をかたちづくっている。

その姿を見ているだけで、チズは動悸《どうき》がしてきた。一歩下がると、尊の胸にぶつかった。尊はチズをかばって、自分の後ろに隠した。時の仙人、尊、チズ、三人はほぼ同時に、皇帝の足元に四つの玉が据えてあるのを見てとった。

ちがう。

それは玉ではなく、人間の頭だった。

胴体を土に埋められ、首から上だけを地上に出している。

「支配人！」

チズは悲鳴を上げる。

埋められている四人とは、支配人と吉井さん、五十嵐さんと夏野さんだったのだ。

それは、とてつもなく不吉で残酷な眺めだった。皇帝の顔はあまりにも邪悪だった。

あの家族思いの少年が、どうしてこんなに恐ろしい男になってしまったのか。

疑問が、そのまま答えになる。家族を思うあまり——子どもや孫や妻を思うあまり、この男にはだれも彼もが皇帝の地位を狙《ねら》う敵に見えているのだ。

ひとを殺すなといった時の仙人の言葉は、もう朱元璋の中には残っていないのか。

「赤い玉は、おまえに返したぞ」

時の仙人がいうと、皇帝はくちびるのうすい大きな口の片方を、ぐにゃりと吊り上げた。笑ったらしいのだが、怒っているようにしか見えない。

「おまえの命がまだだ」

電話で聞いたのと同じ声。ざらざらした耳障《みみざわ》りな声だ。戦いと罵倒《ばとう》とに明け暮れて、のどがつぶれてしまったような声だ。

時の仙人は、負けずに冷徹にいい放つ。

「命を大切にする皇帝になれと、わしは申したはずだぞ」

「ほざきおれ！」

皇帝は刀を一振りした。

ざくり。

さらに一振り。一振り。一振り。

支配人、吉井さん、五十嵐さん、夏野さんの首から鮮血が噴き出す。

四つの首が、刀の勢いのままに転がった。

尊はチズを抱えて、後ろに飛びのいた。

「――――！」

チズは尊の腕の中で、甲高い声で叫び続ける。

「させぬぞ、朱元璋！」

時の仙人は、わっと腕を開いて皇帝に飛び掛かると、その体を抱いて押し倒した。

不意をつかれた皇帝がたじろいだ瞬間、彼に抱き着いた時の仙人もろともに、チズたちの前から消え失《う》せてしまう。

「仙人さま――」

ただ、濃い闇の空間ばかりが残った。

チズは尊の胸にしがみついて、泣き出した。

どんよりと赤い灯が近付いてくる。これ以上、恐ろしい思いをするのは耐えられない。

これ以上の悲劇は耐えられない。チズがゆっくりと顔を上げて、灯りの来る方を見ると――。

＊

赤い灯りは、提灯《ちょうちん》お化けだった。

地面に転がる四つの首は、つくりものの人形の首だ。

チズの肩を両手で抱えて、尊がおかしそうにいった。

「チズさんって、怖がりなんですね。まだ、入ったばっかりでしょ」

「え？」

チズは、暗がりの中できょときょとと周囲を見渡した。

つくりものの墓、つくりものの井戸、提灯お化け、支配人たちとは明らかにちがう四つの首。おどろおどろしい太鼓の音と、鉦《かね》の音、お経のような低い声。ここはラッキーランドのお化け屋敷だ。

（でも）

いつ、すり替えられたのだろう。

チズは尊から離れると、よどんだ空気の中で深呼吸をした。

「人見さん、どこまで覚えてますか？」

「どこまでって？」

尊は、思いやりのある笑顔をくれる。

「チズさん、ひょっとして酔っ払っている？　お酒とか飲んでないのに？　ケーキに洋酒が入ってたのかな？」

「ケーキ？　いつ食べたケーキ？」

「いつって……」

尊はチズの手を引きながらお化け屋敷の出口へと向かい、困ったように笑っていた。お化け役の係員も、カップルの女性の方をあまりにも怖がらせたので、申し訳なさそうにこっちを見送っている。

「ホテルの喫茶室から両親たちが先に出て、ぼくらはまっすぐラッキーランドに来たでしょ」

「時間が合いませんよ」

そういって時計を見ると、確かに尊のいうとおり、まだ昼前なのである。

(時間が巻きもどっている)

はなぞのホテルが壊れたことは？

時の仙人から、六百五十年前の話を聞いたことは？

仙人といっしょに、少年時代の皇帝に赤い玉を返しに行ったことは？

皇帝が支配人たちを殺してしまったことは？

時の仙人が、皇帝を道連れに、どこかへ消えてしまったことは？

「ちょっと疲れたのかな？　どこかで休みますか？」

お化け屋敷から出ると、冬晴れの空から遠い日差しと冷たい風が降ってきた。尊は気づかわしげに、チズの顔を見ている。

チズは、もう一度、時計を見た。

「ホテルに行きましょう」

「ホテルって、チズさん、急にそんな」

勘ちがいした尊が、照れたり恥じらったり、抵抗したり嬉しがったりした。チズはそんな様子をいらいらと睨《にら》む。

「じゃなくて、はなぞのホテルです」

地下鉄で市街地にもどった。タクシー代を出してくれと、尊に頼みづらかったためだ。あの暗がりの中で皇帝に会ったときまでは、この上なく近しい存在だった尊が、お化け屋敷にもどったとたんに距離のある相手に変わってしまった気がする。悲劇が現実のことではなくなって（果たして本当にそうなのか、チズはまだ半信半疑だが）、ひとまず安堵《あんど》している。でも、思いやりがあって頼りになる尊が、仙人や皇帝といっしょに消えてしまった気もした。それは、とてつもなく寂しかった。

駅の階段を駆け上がると、尊は「待ってください」とか「どうして、そんなにいそぐの？」とかいいながら付いて来た。

最初の不穏な電話を受けてから、無の空間で時の仙人と皇帝が消えるまでの出来事が、尊の中でリセットされている。チズを取り巻く全《すべ》てのこととといっしょに。

それはたぶん、都合の良いことなのだろう。だけど、チズはやっぱり、とてつもなく寂しかった。

走りづらいパンプスで、チズは駅の北側の大通りを走り、路地に曲がった。

そこには、うず高く山をなした瓦礫《がれき》が――なかった。

代わりに、はなぞのホテルが建っていた。「は」の字が壊れて取れたネオンの看板もそのままに、ふるぼけた煉瓦《れんが》造りの外観に少しの変化もなく、はなぞのホテルは復活していたのである。

チズは回転ドアが回るのももどかしく、ロビーに飛び込んだ。

「――――!」

カウンターの中には支配人が居る。

「支配人、支配人、支配人――――!」

チズはカウンターの中に飛び込むと、支配人の胸を両手のこぶしでたたきながら泣き出した。

支配人は面食らい、チズの後を追って来た尊をにらみつけた。

「きみ、うちの桜井さんに何をしたんですか!」

「いえ――ぼくは、宿泊の予約をしていた、人見と申します」

ホールドアップの格好で、尊は弁明する。

支配人は泣き続けるチズをセミみたいに体にくっつけたまま、気難しい顔をした。

「うちは、あいにく――」

満室ですといいかけたとき、厨房《ちゅうぼう》から大きなキャベツを抱えた吉井さんが現れた。チズは支配人のことも尊のこともうっちゃって、吉井さんに飛びつく。

「吉井さん、吉井さん、吉井さん――――!」

「やあだ、何よ、この子は」

吉井さんはキャベツごと抱きしめられ、困ったように笑った。

チズは真っ赤に泣きはらした顔で、まだ吉井さんにしがみついたまま、支配人をにらみあげる。

「支配人、こちらの人見さんはあたしのお見合い相手なんです。だから、今日、はなぞのホテルに泊めてあげてください。今日は、ヤバイお客さんとか、居ないんでしょ」

「ヤバイってきみ……お客さまの前で、変なことをいわないでくださいね」

支配人はチズの勢いに負けた顔をして、尊をフロントのカウンターに案内している。

その様子を眺めながら、チズは時間が修正されたという結論に達した。

はなぞのホテルは、ナゾの軍団に大砲や投石器で壊されていない。

尊は、時間旅行とタイムマシーンの話を聞いていない。

だから、時の仙人を捜しにふたたびラッキーランドに行っていないし、重八少年にも、皇帝の朱元璋にも会っていない。

何より重要なのは、支配人たちが殺されていないことだ。

そう思うと、急に、元気になった。

「じゃあ、人見さん、ごゆっくり！」

チズはそういい残すと、呆気《あっけ》にとられた三人を残して階段を駆け上がった。

いつも、施錠《せじょう》されていない二〇一号室のドアを、遠慮なしに開ける。

「あった――」

そこには、仙境がもどっていた。形よく切り立った岩山に、盆栽みたいな松が生えている。雲海の切れ目、はるか眼下には田園風景が広がり、白い山羊《やぎ》の群れが見える。チズはドアから続く小道を、一足で百歩、飛ぶように駆けて時の仙人の庵に飛び込んだ。

かすみが部屋の中にまで漂っている。

見慣れない座り心地の悪そうな椅子《いす》に腰かけ、時の仙人がお茶を飲んでいた。

「ああ、無事だったんだ！　仙人さま、仙人さま、仙人さま――！」

ダイブして抱きついたチズから、時の仙人はひらりと身をかわした。

「これ、せわしない」

「仙人さま、どうやって無事に？」

チズは書架に頭をぶつけかけ、涼しい顔でお茶を飲んでいる時の仙人に、断固としてつめよった。まるでネズミを見つけたネコみたいだ。時の仙人は苦笑して、チズにも熱いお茶を淹《い》れる。

「少し、落ち着きなさい。ほれ、これでも飲んで」

「すみません。でも、お茶どころでないでしょう」

チズはぶつぶついう。お茶は、おいしい烏龍茶《ウーロン》だった。

「どうやって、無事に？」

「皇帝を自分の時代に送り返して、今度はあやつからタイムマシーンを盗んで来たのだよ」

　時の仙人は、座り心地の悪そうな、かっちりしたデザインの椅子を指さした。映画やテレビ番組で見たことのある形をしている。そう思って目を凝らすチズに、時の仙人は満足げな笑顔をくれた。

「それって、ひょっとして、皇帝の玉座じゃないですか？　映画の『ラストエンペラー』で観《み》たのとそっくりですよ」

「いかにも、さよう。これは明国《みんこく》皇帝の玉座、すなわち、タイムマシーンである」

　朱元璋はＩＴＯの勧告を無視して、タイムマシーンを独り占めしていたらしい。自分で使うためよりも、他人に使わせないことが目的だった。相変わらず、意地悪な人である。

「重八のやつにタイムマシーンを独占されたのでは、おいそれと旅行者たちも使えないだろう。ぶんどってしまった方が良いのだ。かの時代からタイムマシーンが失われたとなれば、ＩＴＯが今度こそふさわしい場所に設置するであろうて」

「でも、どうやってはなぞのホテルを元にもどしたんですか？　どうやって支配人たちを生き返らせたんですか？」

「それは簡単。皇帝がはなぞのホテルを壊す前、大砲やら軍勢やらをこちらに送り込む前のタイムマシーンを――」

固い背もたれを、てのひらでたたく。

「盗《と》って来たわけだ。ゆえに、きゃつらははなぞのホテルを壊しに来ることもなく、支配人たちを捕らえて命を奪うこともできなくなったのさ。相手が皇帝でも、やられっぱなしでいなくちゃならん道理はない」

「それで人見さんや、支配人たちの記憶はリセットされたわけですね。だけど、あたしは、怖いことがあったのをしっかり覚えていますけど」

「起きたことは、なかったことにはならないのだよ。チズちゃんには、皇帝の騒動とわしの小細工もろもろの、証人になってもらう。時間操作を行った場合、一人以上の証人を確保しなくてはならない。時空法第二十七条第二項……ってなわけじゃ」

そういわれて、このホテルが瓦礫の山になってしまったことと、支配人たちが斬《き》られてしまったことが、まぶたによみがえった。手の指先まで冷たくなり、胸の奥がひりひりした。自分の臣下と民を五万人も殺した皇帝――そう繰り返してみて、改めていやな気持ちになった。

「あのお方は、ときとして菩薩《ぼさつ》さまのような温情がある。だが、年がゆくにつれて、魔王のように、残酷で利己的になっていった。――宝くじに当たった人間が、身を持ち崩すとよくいうだろう。手にあまる幸福は、不幸よりなお一層の不幸を招くのだよ。

貧しいみなしごから身を起こした朱元璋《しゅげんしょう》は、つかんだものは決して離すまいとして、さながら魔王のような男に変じた。さても、中国という国がすごいのは、あの男が五万人の家臣や朋輩《ほうばい》を殺してなお、よき人材が国にあふれていたことだ。おかげで、明国は二七六年間も繁栄したのだよ。重八はなあ、人材の宝石の頂点にのぼりつめて、その宝石を粉砕し続けた。空《むな》しいことよ」

「仙人さまを追って来たのも、同じ理由?」

「わしゃ、盗人《ぬすつと》だからね。やつが怒るのも、わかる」

時の仙人は、かんらかんらと笑う。

「わしは、幼いころから皇帝・朱元璋に仕えていた。わしもみなしごでな、とある戦場で朱元璋に拾われたのだ。かつての自分の姿が重なったのだろう。皇帝は、わしをそばに置いて、ぜいたくをさせて、わがまま放題に宮廷で遊ばせ、執務の合間に自ら文字や学問を教えてくれた。稚児《ちご》小姓とペットの中間みたいなものだったのかな。重臣たちのひざの上にも乗れたし、後宮の妻妾《さいしょう》たちから、お菓子をもらったりもした。王子や姫たちの遊び相手にもなった。文字どおり、猫っ可愛《かわい》がりされていたからなあ、だから、皇帝は優しく正しい人だと信じて疑わなかった」

「確かに、動物にだけ優しい人って居ますよね」

そういってから、チズは慌《あわ》てて口を押えた。

「あ、ごめんなさい。仙人さまが動物並みってんじゃなくて……」

「いやいや、いいのだ。本当にそうだったのだ」

時の仙人は、懐《なつ》かしそうに目を細めてから、腕組みをする。

「皇帝の恐ろしいうわさは、そんなわしの耳にも聞こえてくるようになった。わしは、それが凡夫のやっかみだと思っておった。しかし、皇后が病に罹《かか》ったとき、うわさが全て真実なのだとわかったのだ。皇后は決して医者に診察をさせず、薬も飲まなかった。自分が本復しなければ、それを怒った皇帝が医者を処刑することを、皇后は知っていたからだ。

皇后が亡くなったとき、わしはようやく皇帝の正体を知った。こんな男が皇帝であってはならぬと思うようになった。そのころには、わしも青年になっておった」

ガラスの器に入ったマンゴープリンが空中を飛んでやってきた。花模様が描かれたレンゲが添えてある。それはチズと時の仙人の手の中に自動的におさまり、チズはありがたくいただいた。

「あの――マンゴープリンって仙人さまの時代にあったんですか？」

「なんの、わしの好物は、親子丼《どん》とクレームブリュレとマンゴープリンなのじゃよ」

「時代考証関係なしってことですか」

「よきかな、よきかな」

マンゴープリンをつるんつるんと食べながら、時の仙人は話を続ける。

「例の赤い玉だけどね、重臣や側室にはもちろん、皇后や王子や姫にすら隠していたのに、皇帝はわしにだけは見せてくれた」

「あの麦わら帽子の坊やは、チビっ子のころの仙人さまなんですよね。あの子は、どうして、ここに来ていたんですか？」

「皇帝は、時の仙人となったわしを罰することに執念を燃やしとった。

幼い恩奇四は、皇帝に忠実に働き、よもや自分自身だとは思いもせずに、二十一世紀の日本で時の仙人を見つけ出した。幼い恩奇四の働きで、皇帝は自ら報復の刃《やいば》を持ってやって来たのだ」

チズはラッキーランドの闇の中で、皇帝が支配人たちの首を刎《は》ねたことを思い出して、恐怖と怒りが胸いっぱいに広がった。

「はなぞのホテルを破壊することなど、大明国の皇帝にしてみれば、造作もないことだ。そして、支配人たちまで殺してみせた。罪なき人を罰するのは、あの男の得意中の得意なのだ。

しかし、最後はわしが勝ったよな。支配人たちは凶刃《きょうじん》から逃れたし、わしは皇帝が時を超える手段を奪ってやった」

「でも、赤い玉は、重八くんにあげちゃいましたよね」

「うむ。初手にもどしてしまったな。あれが良い皇帝になることを願いつつ、あやつのいうとおりに返してきた。――ほら、ごらん」

時の仙人はチズに、窓の外を見るように促した。円形に飾り格子《ごうし》の入った、中国建築らしい窓だ。

そこからは、仙境ではなく、南京《ナンキン》の街の大通りが見えた。

店と屋台が、ぎっしりと並んでいる。

軒先には提灯が飾られ、屋台からおいしそうなにおいが溢《あふ》れていた。売り子たちの声が、かまびすしい。馬車が行く、牛車が行く、兵隊が行く、商人が行く、おかみさんが行く、老人が行く、子どもたちが走って行く。

大道芸人たちがはなれわざを披露して、琴と笛の音曲が、風に乗ってどこまでも流れていた。

そんな妙《たえ》なる調べを頭から無視して、五歳ばかりの男の子が声を限りに変な歌を歌っていた。


こうていさまは、かおがながくて、あばたがいっぱいブ男だ。

こうていさまは、めつきが悪くて、あごがとがってあくまみたい。

こうていさまは、いじわるで、けらいをころすのがだいすき。

こうていさまは……。

「こらこらこらこらこら――！」

兵士が飛んできて、男の子の口をふさいだ。もう一人が、剣呑《けんのん》に光る槍《やり》を、小さな胸に突き付ける。

「こわっぱ、なんというバチ当たりな歌を歌いおるか！　子どもでも容赦できん！」

あっという間に野次馬で人垣ができた。

その中心に居て、二人の兵士は男の子を突き殺そうとする。

「待て待て待て待て待て――！」

兵士たちと同じ勢いで駆け付けたのは、一人の老人だった。貧しげな頭巾《ずきん》を頭に載せて、やせてあばただらけの顔に、汗をだらだら流している。細い目が引きつっていた。

頑丈そうな顎を地面にこすりつけるようにして平伏する。

「お許しくだされ！　頑是ない童のことですから、よくいって聞かせますから――」

「ならん！　きさまもいっしょに血祭に上げてくれる！」

「どうか、堪忍《かんにん》してください、堪忍してください！」

兵士の足にしがみついた老人は、無情にも蹴飛《けと》ばされた。

野次馬たちが悲鳴を上げ、いよいよ槍で刺殺される――という刹那《せつな》、高位の武官が血相を変えて騒動の中心へと飛び込んで来た。

「わー！」

武官は叫び、兵士たちの胸を「ドンッ！」とてのひらで突いて、無体なことをやめさせる。すぐに、ひれ伏した老人に向かい、もっと低くひれ伏した。

「陛下、おたわむれは、それくらいにしてくださいませ！」

兵士たちは、武官に最敬礼しつつ、きょとんとしている。

野次馬たちもまた、呆気にとられた。

武官はそんな一同を見て、うやうやしいしぐさで老人を指し示した。

「こちらのお方は、明国皇帝陛下にあらせられるぞ！」

「えーっ！」

と、だれもが声を上げた。

庵《いおり》の窓から眺めるチズも、同じ声で「えーっ！」といった。

武官と兵士が見やると、平伏していた老人と子どもは、すでにそこに居なかった。二人で手をつないで、人混みをかき分け、市場の迷路へと逃げて行く。

「陛下ー！　お待ちくだされー！」

陛下は待たなかった。子どもを肩車して、くすくす笑って、どこまでも逃げる。

若い時分、歴戦の武将として鳴らした老人の足には、平和な時代の兵士たちはかなわなかった。

「あー、面白かった」

老人がいうと、子どもはけたけたと笑った。

「まいちゃったみたいだね」

「うむ」

老人は肩から子どもを降ろしてやる。その人相は、最前の戯《ざ》れ歌のとおり、あばただらけで、目が細くて吊り上がり、顎が異常に長くとんがっていた。

まぎれもない、朱元璋その人だ。

けれど、粗末な衣を着た皇帝は、しごく柔和で態度は慈愛に満ちていた。

「ときに、おまえ、家族はつつがないかね？」

老人は、子どもに尋ねる。猫なで声とは、このこと。くすぐったくなるほど、優しい声だ。

「ツツガムシ？」

「そうだ。ツツガムシに刺されてないかね？」

「全然。皆、元気だよ」

「腹いっぱい、食べているかね？」

「もう、お腹《なか》パンパンさ。今日の朝ごはんは、豚の入ったうどんだったんだぜ」

「おお、豪勢だな。うまかったかい？」

「あったりめーさ」

「よしよし。皆、幸せかね？」

「シャーワセって何？」

「よしよし」

老人は満足そうだった。懐中から赤い玉を取り出して、子どもに渡した。

「玩具《おもちゃ》だよ。おまえに、あげるよ」

「きれいだね。どうやって遊ぶの？」

「蹴飛ばしてごらん」

子どもは赤い玉をサッカーボールのように上手に蹴って、見る見る離れて行った。

「さて」

老人の目が上がって、こちらを見た。窓からのぞくチズたちと、視線を合わせたのだ。その目から慈愛に満ちた優しさが消えている。挑むような鋭さで、チズを、そして時の仙人を見た。

「これで、いいかね？」

猫なで声でなくなった老人の声は、ざらざらして無慈悲な響きだった。チズの耳にも残っているままの、あの皇帝の声だ。

「陛下も、良き世をお造りになったようで、祝着《しゅうちゃく》至極に存じまする」

時の仙人が、拱手《きょうしゅ》の礼をした。

遠くから、さっきの武官の声が聞こえてくる。老人を追いかけて来たようだ。

「陛下――、おたわむれも、ほどほどになさいませー！」

老人は面倒くさそうに声のした方を振り返ると、今一度、チズたちと視線を合わせた。

「では、さらばじゃ」

装束の裾《すそ》を両手で持ち上げて、老人は遁走《とんそう》した。

チズはしばし茫然《ぼうぜん》と、老人の走り去った南京の街の風景を見つめていた。

時の仙人が団扇《うちわ》を振ると、それは仙境ののどかな眺めにもどる。

「何だかんだいっても、良い皇帝になったんですね。仙人さまも、赤い玉を返して良かったですね」

「そのようだ」

マンゴープリンの次に、クレームブリュレをごちそうになったチズは、尊の待つロビーにもどった。

十二月二十四日（月）

翌朝出勤すると、尊が他のお客さんたちといっしょに、吉井さんの作った朝食を食べていた。

「チズさん、メリークリスマス！」

「メリー、クリスマス……」

チズはぎこちなく笑って、手なんか振ってみる。

チズは食器の片付けを手伝い、食堂がからっぽになると、いつものようにまかないの朝食を食べた。オムレツサンドイッチに、温野菜のサラダである。

カウンターの中で宿泊名簿をパソコン入力していたら、チェックアウトのために尊が階段を降りて来た。昨日のお見合いスタイルとちがい、生成りのニットにジーンズをはいて、気取らない感じがかえって格好良く見えた。

「人見さん、せっかく来てくれたのに、おもてなしもできずにすみませんでした」

「とんでもない。いっしょにラッキーランドに行けて、とても楽しかったです。今日の明け方、チズさんと大冒険をした夢を見ました。中国の皇帝なんかが出て来て――」

「あはは」

チズは、ちょっとひやっとして、笑ってごまかした。

「お見合いの返事は、メールでもいいです。できれば、親を通してじゃなくて、直接ぼくにください。ふられるにしても、ＯＫをもらえるにしても、チズさんの声が聞きたい。さもなきゃ、チズさんの書いた返事が読みたいんです。面倒くさいお願いだけど、いいですか？」

「わかりました」

「じゃあ、失礼します」

「こちらこそ、失礼します」

尊が出て行くのを、見送った。

その姿が視界から消えて、犬を連れたおじいさんがホテルの前を横切るのを見てから、パソコンの作業にもどる。

人見尊。十二月二十三日、日曜日、一泊朝食付き——。

（ラッキーランドに行っただけじゃなくて、二人で東奔西走したのにな）

尊と夢ではなく本物の大冒険をしたことが、チズの記憶にしか残っていないというのが、やっぱり寂しかった。

「ふう」

パソコンの作業は、苦手だ。すぐに気が散ってしまう。

顔を上げたら、回転ドアから五十嵐さんと夏野さんが入って来た。

二人も無事だったのだ。不安の種が完全に消えて、チズは思わず走り寄る。

「五十嵐さん、夏野さん、無事だったんですね！」

「無事だけど……？」

五十嵐さんが訝《いぶか》し気な目付きでチズを見る。夏野さんは、何かを了解したように、キラリと目を光らせた。

「ひょっとして、わたしたちが知らないことで、起こらない事件が起こったんですね？」

「そうですよ。大変だったんですよ」

五十嵐さんたちは、難しい顔をして二階に向かった。たとえ彼らの記憶に残っていなくても、ＩＴＯの記録に残っているのかもしれない。二人は午前中いっぱい、時の仙人から事情聴取をしていた。

チズは客室係の日常業務で、マットレスと格闘し、バスルームの掃除をして、おいしい昼食を食べた後はチェックインするお客さんたちを迎える。

客室を整えるのは重労働だけど、フロントの仕事は暇な上にも暇だった。だから、スマホを取り出してメールを書いた。

『人見尊さま
チズです。

今回は、いっしょに過ごせてとても楽しかったです。私の職場も見てもらえるなんて、恥ずかしいような、嬉しい気持ちでいっぱいです。私はこの小さなホテルで、お客さまをお迎えする仕事がとても気に入っています。

人見さんの見た夢は、中国の皇帝が出て来たり、はなぞのホテルが瓦礫の山になっちゃうなんて、怖い夢ではありませんでしたか？　それはひょっとしたら、本当にあったことなのかもしれませんよ。そのとき、私もいっしょに居ませんでしたか？　私たち、けっこう良いタッグだったかも？

なんちゃって。

人見さんと居ると、自分が女の子だってことを実感できて、とても楽しいというか、うん、幸せだったです。でも、今の生活を終わりにして、人見さんの生活に飛び込んでいけるか、その覚悟はなかなかつきません。（夢の中でも、いっしょに過ごした）人見さんなら、わかってくれるかと思います。

このたびは、私にとって最初のお見合いでした。この先、たぶんお見合いはしないでしょう。だって、人見さんみたいな人には、もう会えないと思うから。でも、私はまだはなぞのホテルでの毎日を手放せません。ラッキーランドとか、楽しい時間をありがとうございます。ごめんなさい。さようなら』

たっぷり一時間もかけて、書いては保存し、修正しては保存した。

「チズちゃん。お客さまの荷物を運んでさしあげて」

旅行室から出てきた夫婦を案内しながら、吉井さんが声を掛けてきた。江戸時代から来たという二人は、ちょんまげと日本髷、着物を着て、わらじをはいている。

「はい、ただいま」

チズは急いでスマホをポケットにもどし、風呂敷《ふろしき》に包んだ行李《こうり》を両手で持って階段をあがる。大きいけれど、軽い荷物だった。中には常備薬と、旅のお守りと、箱枕《はこまくら》が入っているのだそうだ。箱枕とは、時代劇で観る跳び箱のミニチュアみたいなあの枕だ。

「枕が変わりますてえと、寝付けないでござんしょう？」

奥さんが、落語みたいな言葉でいった。いやあ……。あの跳び箱みたいな枕で寝付ける方が、ちょっと不思議だと思うのだが……。

吉井さんといっしょに、このお客さんたちに鬘《かつら》をかぶせて、キンコジを装着して、奥さんにはホームスパンのやわらかいワンピースを、旦那《だんな》さんには背広を着せた。二人は何に驚いたかというと、パンツが珍しくてしょうがないのだそうだ。

「こいつは、いいね。はき心地が、ふんどしとは雲泥《うんでい》の差だ」

「あら、本当、あったかいわよ。だけど、お手水場《ちょうずば》を使うときは、どうするんだい？」

「お手水場？」

吉井さんは目をぱちくりさせて、それから「やあだ」と笑って、奥さんの二の腕をたたいた。

「お手洗いに行くときは、下げるんですよ。ひざの下あたりまで」

「あら、やだ」

了解した奥さんは、吉井さんの二の腕をたたき返している。

「それから、お手洗いを使うときは、水を流すのを忘れずに」

「まかしといてよ。それが楽しみだったのよね」

「おいらもさ」

ちょっと似合わない洋服の上に、ダウンジャケットを着て、二人は意気揚々と外出した。

チズは回転ドアの近くまで見送りに出て、手を振る二人に笑顔で会釈《えしゃく》をする。

カウンターにもどりながら、ポケットからスマホを出した。さっき書いたメールの文をすべて削除してから、新しく書き直す。

『また来てください。待ってます。』

送信。

本書は新潮文庫のために書き下ろされた。

堀川アサコ著
小さいおじさん
身長15センチ。酒好き猫好き踊り好き。超偏屈な小さいおじさんと市役所の新米女子職員千秋、凸凹コンビが殺人事件の真相を探る！

堀川アサコ著
100回泣いても変わらないので恋することにした。
学芸員・手島沙良は孤独な人だけが見える謎の生き物に出会う。せっかく出来た好きな人すら訳ありだった彼女は幸せになれるのか？

神田　茜著
一生に一度のこの恋にタネも仕掛けもございません。
それは冴えないOLの一目惚れから始まった。前途多難だけれど、一生に一度の本気の恋。マジックの世界で起きる最高の両片想い小説。

浅葉なつ著
カカノムモノ
悲しい秘密を抱えた美しすぎる大学生・浪崎碧。人の暴走した情念を喰らい、解決する彼の正体は。全く新しい癒やしの物語、誕生。

浅葉なつ著
カカノムモノ2
―思い出を奪った男―
命綱の鏡が割れて自暴自棄の碧。老鏡職人は修復する条件として、理由を告げぬまま自分の穢れを呑めと要求し――。波乱の第二巻。

蒼月海里著
夜と会う。
―放課後の僕と廃墟の死神―
悩める者だけが囚われる廃墟《夜の世界》に迷い込んだ高校生・有森澪音の運命は。優しくて、ちょっぴり切ない青春異界綺譚、開幕。

デザイン　鈴木久美

おもてなし時空《じくう》ホテル

～桜井千鶴のお客様相談ノート～

新潮文庫　ほ－21－24

平成三十年七月一日発行

著者　堀《ほり》川《かわ》アサコ

発行者　佐藤隆信

発行所　株式会社 新潮社

郵便番号　一六二―八七一一
東京都新宿区矢来町七一
電話　編集部(〇三)三二六六―五四四〇
　　　読者係(〇三)三二六六―五一一一
http://www.shinchosha.co.jp

価格はカバーに表示してあります。

乱丁・落丁本は、ご面倒ですが小社読者係宛ご送付ください。送料小社負担にてお取替えいたします。

印刷・錦明印刷株式会社　製本・錦明印刷株式会社

ISBN978-4-10-180129-2 C0193